ALDOUS HUXLEY

ALDOUS HUXLEY

As portas da percepção
e Céu e inferno

tradução
Marcelo Brandão Cipolla
Thiago Blumenthal

posfácio
Sidarta Ribeiro

Copyright desta edição © 1954, 1956 by Laura Huxley
Copyright da tradução © 2015 Editora Globo S.A.

Todos os direitos reservados. Nenhuma parte desta edição pode ser utilizada ou reproduzida — em qualquer meio ou forma, seja mecânico ou eletrônico, fotocópia, gravação etc. — nem apropriada ou estocada em sistema de banco de dados sem a expressa autorização da editora.

Texto fixado conforme as regras do novo Acordo Ortográfico da Língua Portuguesa (Decreto Legislativo nº 54, de 1995).

Editora responsável: Ana Lima Cecilio
Editor assistente: Thiago Barbalho
Preparação: Rogério Trentini
Revisão: Tomoe Moroizumi
Diagramação: Jussara Fino
Capa: Thiago Lacaz
Foto do autor: Boris Lipnitzki/Roger-Viollet/Glow Images

CIP-BRASIL. CATALOGAÇÃO NA PUBLICAÇÃO
SINDICATO NACIONAL DOS EDITORES DE LIVROS, RJ

H987p
Huxley, Aldous, 1894-1963
As portas da percepção; céu e inferno / Aldous Huxley; tradução Marcelo Brandão Cipolla; Thiago Blumenthal.
1. ed. – São Paulo: Biblioteca Azul, 2015.
160 p.; 21 cm.
Tradução de: *The doors of perception; heaven and hell*

ISBN 978852506021-1

1. Alucinógenos e experiência religiosa. 2. Efeitos psicotrópicos.
3. Xamanismo I. Cipolla, Marcelo Brandão. II. Blumenthal, Thiago.
III. Título.

15-25888   CDD: 201.44

1ª edição, 2015 – 7ª reimpressão, 2024

Direitos exclusivos de edição em língua portuguesa para o Brasil adquiridos por Editora Globo S.A.
Rua Marquês de Pombal, 25 – 2o andar – Centro
20230-240 – Rio de Janeiro –RJ
www.globolivros.com.br

SUMÁRIO

As portas da percepção..7
Céu e inferno..65
        Apêndices..109
Posfácio: Novo, mas nem tão admirável, por Sidarta Ribeiro........................ 145

As portas da percepção

tradução
Marcelo Brandão Cipolla

Foi em 1886 que o farmacologista alemão Louis Lewin publicou o primeiro estudo sistemático sobre o cacto que, tempos depois, receberia o seu nome. O *Anhalonium lewinii* era novo para a ciência. Para a religião primitiva e para os índios do México e do sudoeste dos Estados Unidos, no entanto, era um amigo de longuíssima data. Aliás, bem mais que um amigo. Nas palavras de um dos primeiros espanhóis a visitar o Novo Mundo, "eles ingerem uma raiz que chamam de peiote e veneram-na como se fosse uma divindade".

O motivo de a venerarem como divindade veio à tona quando eminentes psicólogos como Jaensch, Havelock Ellis e Weir Mitchell[1] começaram a fazer experimentos com a mescalina, o princípio ativo do peiote. É verdade que eles não chegaram nem perto da idolatria, mas todos concordaram em atribuir à mescalina um lugar de honra entre as drogas e os medicamentos. Administrada em dose adequada, ela muda a qualidade da consciência de modo mais profundo que qualquer outra substância no repertório dos farmacologistas, e, no entanto, é a menos tóxica de todas.

1 Erich Rudolf Jaensch (1883-1940), Havelock Ellis (1859-1939) e Weir Mitchell (1829-1914) foram importantes psicólogos atuantes na passagem do século XIX para o XX e desenvolveram teses inovadoras nas áreas de psicologia fenomenológica, sexualidade e farmacologia, e toxicologia, respectivamente. (N. E.)

As pesquisas sobre a mescalina vêm sendo realizadas continuamente, ainda que de modo esporádico, desde a época de Lewin e de Havelock Ellis. Os químicos não só isolaram o alcaloide como também aprenderam a sintetizá-lo, de modo que sua disponibilidade já não depende da colheita eventual e intermitente de um cacto do deserto. Psiquiatras ingeriram mescalina com a esperança de adquirir uma compreensão melhor e mais direta dos processos mentais de seus pacientes. Psicólogos, que infelizmente trabalharam com um número exíguo de cobaias humanas numa gama de circunstâncias bastante restrita, observaram e catalogaram alguns dos efeitos mais notáveis da droga. Neurologistas e fisiologistas desvendaram, em parte, o seu mecanismo de ação sobre o sistema nervoso central. E pelo menos um filósofo profissional tomou mescalina com o intuito de lançar luz sobre antigos enigmas não resolvidos, tais como o lugar da mente na natureza e a relação entre o cérebro e a consciência.[2]

Era nesse pé que estavam as coisas quando, há dois ou três anos, foi observado um fato novo e, talvez, altamente significativo.[3]

---

2 Ver os seguintes artigos científicos: Humphry Osmond e John Smythies, "Schizophrenia: a new approach", *Journal of Mental Science*, vol. xcviii, abril de 1952; Humphry Osmond, "On being mad", *Saskatchewan Psychiatric Services Journal*, vol. i, n. 2, setembro de 1952; John Smythies, "The mescalin phenomena", *The British Journal of the Philosophy of Science*, vol. iii, fevereiro de 1953; Abram Hoffer, Humphry Osmond e John Smythies, "Schizophrenia: a new approach", *Journal of Mental Science*, vol. C, n. 418, janeiro de 1954. Alguns outros artigos sobre a bioquímica, a farmacologia, a psicologia e a neurofisiologia da esquizofrenia, relacionadas aos fenômenos da mescalina, estão em desenvolvimento. (N. A.)

3 Na monografia *Menomini peyotism*, publicada em dezembro de 1952 na *Transactions of the American Philosophical Society*, o professor J. S. Slotkin escreveu que "o uso habitual de peiote não parece produzir tolerância nem dependência. Conheço muitas pessoas que são peiotistas há quarenta ou cinquenta anos. A quantidade de peiote que ingerem depende da solenidade da ocasião; em geral, consomem a mesma quantidade que consumiam há anos. Além disso, os ritos ocorrem a inter-

Na realidade, esse fato já estava bem evidente havia décadas, mas ninguém o tinha notado até que um jovem psiquiatra inglês, que hoje trabalha no Canadá, constatou, espantado, a profunda semelhança entre a composição química da mescalina e da adrenalina. Pesquisas ulteriores revelaram que a estrutura bioquímica do ácido lisérgico, um alucinógeno extremamente poderoso produzido a partir do esporão do trigo, tem relação com a daquelas substâncias. Descobriu-se em seguida que o adrenocromo, um produto da decomposição da adrenalina, é capaz de produzir muitos sintomas da intoxicação por mescalina. O adrenocromo, no entanto, ocorre espontaneamente no corpo humano. Em outras palavras, cada um de nós é capaz de sintetizar uma substância química que, mesmo em doses minúsculas, provoca mudanças de consciência profundas e comprovadas. Algumas dessas mudanças são semelhantes àquelas que ocorrem na esquizofrenia, essa epidemia tão característica do século xx. Será possível que o transtorno mental seja causado por um transtorno bioquímico? E que esse transtorno bioquímico, por sua vez, seja provocado por perturbações psicológicas que afetam as glândulas

---

valos de cerca de um mês ou mais, e elas passam todo esse tempo sem o peiote e sem sentir qualquer desejo incontrolável de consumi-lo. Pessoalmente, mesmo depois de uma série de ritos realizados em quatro fins de semana consecutivos, não aumentei a quantidade de peiote nem senti a necessidade contínua de ingeri--lo". Evidentemente, é por bons motivos que "o peiote nunca foi inscrito pela lei na categoria dos entorpecentes nem teve seu uso proibido pelo governo federal". Apesar disso, "durante a longa história de contato entre os índios e o homem branco, as autoridades brancas em geral tentaram suprimir o uso do peiote, pois entendiam que ele violava seus costumes. Não obstante, nenhuma dessas tentativas foi bem-sucedida". O dr. Slotkin acrescenta em nota de rodapé: "É incrível ouvir as fantásticas histórias acerca dos efeitos do peiote e do caráter dos rituais contadas pelas autoridades brancas e pelos índios católicos da reserva Menomini. Nenhum deles jamais teve a menor experiência direta com esse vegetal e com a religião a ele ligada, mas alguns se consideram especialistas e escrevem relatórios oficiais sobre o assunto". (N. A.)

suprarrenais? Seria temerário e prematuro afirmar tais coisas. O máximo que podemos dizer é que, à primeira vista, elas são plausíveis. Entretanto, essa pista vem sendo seguida sistematicamente. Os detetives — bioquímicos, psiquiatras, psicólogos — puseram-se em seu rastro.

Em razão de uma série de circunstâncias extremamente felizes para mim, encontrei-me, na primavera de 1953, bem no meio desse rastro. Um dos detetives tinha vindo à Califórnia a trabalho. Apesar dos quase setenta anos de pesquisas sobre a mescalina, a bibliografia psicológica que ele tinha à mão ainda era absurdamente escassa e ele estava ansioso por incrementá-la. Eu estava disponível e disposto, se não ávido, a servir de cobaia. Foi assim que, numa luminosa manhã de maio, engoli quatro décimos de um grama de mescalina dissolvidos em meio copo de água e me sentei para aguardar os resultados.

Vivemos juntos, atuamos uns sobre os outros e reagimos uns aos outros; mas sempre, e em todas as circunstâncias, estamos sós. Os mártires entram de mãos dadas na arena, mas são crucificados sozinhos. Nos braços um do outro, os amantes tentam desesperadamente fundir seus êxtases isolados num único arroubo de autotranscendência; mas em vão. Todo espírito encarnado está, por sua própria natureza, condenado a sofrer e gozar na solidão. Sensações, sentimentos, ideias, fantasias, todos eles são particulares e — exceto indiretamente, por meio de símbolos — incomunicáveis. Podemos juntar informações sobre nossas experiências, mas não podemos juntar as experiências em si. Da família à nação, todo agrupamento humano é uma sociedade de universos insulares. A maioria desses universos é suficientemente semelhante entre si para permitir a compreensão por inferência ou mesmo a mútua empatia, a identificação com os sentimentos alheios. Assim, recordando nossas próprias perdas e humilhações, podemos nos condoer dos que sofrem em situações semelhantes, podemos nos colocar (sempre, sem dúvida, num sentido ligeiramente pickwickiano) no lugar deles. Em certos casos, porém, a comunicação entre os universos é incompleta ou mesmo inexistente. A mente não está em lugar algum senão nela mesma, e os lugares habitados pelos dementes e pelos excepcionalmente dotados são tão diferentes daqueles onde vivem os homens e mulheres medianos que não existe entre eles um território comum de memória que sirva como base para a compreensão ou a comunhão de sentimentos. As palavras são pronunciadas, mas nada esclarecem. As coisas e eventos aos quais os símbolos se referem pertencem a esferas de experiência mutuamente excludentes.

Ver-nos como os outros nos veem é um dom muitíssimo salutar. Não menos importante é a capacidade de ver os outros como eles se veem. Mas e quando esses outros pertencem a uma espécie diferente e habitam um universo radicalmente estranho? Por exemplo, como os sãos podem saber, na prática, o que é ser louco? Ou, a menos que renasçamos como visionários, médiuns ou gênios da música, como poderemos visitar os mundos onde Blake, Swedenborg[4] ou Johann Sebastian Bach viviam habitualmente? Como um homem nos limites extremos da ectomorfia e da cerebrotonia poderia se pôr no lugar de outro nos limites da endomorfia e da viscerotonia, ou mesmo, exceto no que se refere a certas áreas bem circunscritas, partilhar os sentimentos de um terceiro situado nos limites da mesomorfia e da somatotonia? Suponho que, para o behaviorista radical, essas perguntas não tenham nenhum sentido. No entanto, para os que acreditam teoricamente naquilo que reconhecem ser

---

[4] William Blake (1757-1827) foi um poeta, pintor e gravurista inglês, famoso por ter retratado, em poesias e obras de artes visuais, suas experiências e concepções visionárias. É de sua obra que Huxley toma emprestadas as expressões que batizam seus dois livros sobre experiências sensoriais e perceptivas: "portas da percepção" e "céu e inferno". Emanuel Swedenborg (1688-1772), polímata, filósofo e espiritualista sueco, publicou obras em diversas áreas, como química, anatomia e cosmologia, entre outros. (N. E.)

verdade na prática — a saber, que nossas experiências do mundo não têm somente um aspecto externo, mas também um interno —, os problemas assim postos são reais e tanto mais graves por serem, alguns, completamente insolúveis, e outros, solúveis somente em circunstâncias excepcionais e através de métodos aos quais nem todos temos acesso. Assim, parece praticamente certo que jamais saberei como é ser sir John Falstaff ou Joe Louis.[5] Por outro lado, sempre tive a impressão de que, por meio da hipnose ou auto-hipnose, por exemplo, ou da meditação sistemática, ou ainda da ingestão de medicamentos adequados, eu poderia modificar meu estado ordinário de consciência a ponto de ser capaz de saber, desde dentro, sobre o que os visionários, os médiuns ou até os místicos estavam falando.

O que eu já havia lido sobre a experiência da mescalina me convencera de antemão de que a droga me introduziria, pelo menos durante algumas horas, naquele tipo de mundo interior descrito por Blake e AE.[6] Mas o que eu esperava não aconteceu. Eu tinha a expectativa de me deitar e, de olhos fechados, contemplar visões de formas geométricas multicoloridas, de arquiteturas animadas crivadas de pedras preciosas e fabulosamente belas, de paisagens com figuras heroicas, de dramas simbólicos tremeluzindo perpetuamente a um passo da revelação derradeira. Mas é claro que eu não havia levado em conta as idiossincrasias da minha constituição mental, os fatos do meu temperamento, da minha formação e dos meus hábitos.

---

5 Sir John Falstaff, notório fanfarrão, é um dos mais célebres personagens de Shakespeare, presente em várias das tragédias históricas, sempre pronto a desvirtuar a conduta do príncipe – e depois rei –, com argumentos muitas vezes incontestáveis. Joe Louis (1941-1981) foi um dos mais importantes boxeadores de seu tempo, que, depois de tornar-se um representante da luta contra o nazismo, enfrentou o ostracismo e problemas com drogas. (N. E.)

6 AE é o pseudônimo do escritor irlandês George William Russell (1867-1935), profundamente interessado nas experiências místicas. (N. T.)

Tenho e, tanto quanto me lembro, sempre tive uma péssima imaginação visual. As palavras, mesmo as fecundas palavras dos poetas, não evocam imagens em minha mente. Nenhuma visão hipnagógica me aguarda no limiar do sono. Quando me lembro de algo, a memória não se me apresenta como um evento ou objeto visualmente vívido. Por um esforço de vontade, sou capaz de evocar uma imagem não muito nítida do que aconteceu ontem à tarde, do aspecto que tinha o Lungarno antes de suas pontes serem destruídas ou que tinha Bayswater Road quando os únicos ônibus que nela circulavam eram pequenos, verdes e puxados por velhos cavalos a cinco quilômetros por hora. Mas essas imagens têm pouca substância e não são, em absoluto, dotadas de vida autônoma. Estão para os objetos reais da nossa percepção como os fantasmas de Homero estavam para os homens de carne e osso que os visitavam nas sombras. Somente quando estou com febre alta é que minhas imagens mentais ganham vida independente. Para aqueles cuja faculdade da imaginação é forte, meu mundo interior deve parecer curiosamente enfadonho, limitado e desinteressante. Era esse o mundo — medíocre, mas meu — que eu esperava ver transformado em algo completamente diferente de si mesmo.

A mudança que aconteceu nesse mundo não foi, de forma alguma, revolucionária. Meia hora depois de engolir a droga, tomei consciência de uma lenta dança de luzes douradas. Pouco depois, surgiram suntuosas superfícies vermelhas que inchavam e se expandiam a partir de brilhantes nódulos de energia, os quais vibravam com uma vida geométrica continuamente cambiante. Num outro momento, o ato de eu fechar os olhos revelou um complexo de estruturas cinzentas dentro das quais pálidas esferas azuladas adquiriram intensa forma sólida e, uma vez surgidas, deslizavam silenciosamente para cima, saindo do meu campo de visão. Em momento algum, no entanto, surgiram rostos ou formas de homens ou animais. Não vi paisagens, não vi espaços enormes, não vi o crescimento e a mágica metamorfose de edifícios, não vi nada que se assemelhasse, mesmo de longe, a um drama ou a uma parábola. O outro mundo no qual a mescalina me permitiu entrar não era o mundo das visões; existia lá fora, naquilo que eu podia ver com os olhos abertos. A grande mudança se deu na esfera dos fatos objetivos. O que acontecera com meu universo subjetivo era relativamente pouco importante.

Tomei a pílula às onze. Uma hora e meia depois, estava sentado em meu estúdio olhando atentamente para um pequeno vaso de vidro. O vaso continha apenas três flores — uma rosa bela-portuguesa totalmente aberta, de cor salmão, com uma leve insinuação, na base de cada pétala, de um tom mais quente e ígneo; um grande cravo magenta e creme; e, roxo-pálida na ponta de um caule partido, uma orgulhosa e heráldica íris. Improvisado e fortuito, o buquezinho violava todas as regras do bom gosto tradicional. Naquela mesma manhã, ao café, eu me dera conta da vivaz dissonância de seu colorido. Mas agora não era essa a questão. Eu já não estava olhando para um arranjo floral incomum. Estava vendo o que Adão havia visto na alvorada do dia em que fora criado: o milagre incessantemente renovado da existência nua.

"É agradável?", perguntou alguém. (Nessa fase do experimento, todas as conversas foram registradas num gravador, de modo que me foi possível refrescar a memória acerca do que foi dito.)

"Nem agradável nem desagradável", respondi. "Apenas é."

Istigkeit — não era essa a palavra que Mestre Eckhart[7] gostava de usar? "Qualidade de ser." O Ser da filosofia platônica — embora Platão tenha cometido o erro enorme, grotesco, de isolar o Ser do

---

[7] Eckhart de Hochheim (1260-c.1328), frade dominicano alemão, teólogo e místico. Sua teologia é considerada heterodoxa pelos católicos, mas apresenta afinidades notáveis com os ensinamentos tradicionais do vedanta, de certas escolas de budismo, do esoterismo islâmico e mesmo de autores cristãos anteriores, como Dionísio, o Areopagita, e João Escoto Erígena. (N. T.)

vir a ser e de identificá-lo com a abstração matemática da Ideia. Infeliz dele, que jamais pôde ver um punhado de flores brilhando com sua luz interior própria e quase pulsando sob a pressão do significado do qual são portadoras; jamais pôde perceber que aquilo que a rosa, a íris e o cravo significavam de modo tão intenso não era nada mais, nada menos que o que elas *eram* — uma transitoriedade que era, não obstante, vida eterna; um perpétuo perecer que era, ao mesmo tempo, puro Ser; um feixe de particularidades minúsculas e irrepetíveis em que, por um paradoxo inefável, ainda que autoevidente, era possível vislumbrar a fonte divina de toda a existência.

Continuei olhando para as flores e, em sua luz viva, tive a impressão de detectar o equivalente qualitativo da respiração — de uma respiração, porém, que não retorna a seu ponto de partida, que jamais se esvazia, mas na qual, ao contrário, nota-se somente o fluxo reiterado de uma beleza para outra ainda mais intensa, de um significado profundo para outros cada vez mais profundos. Vieram-me à mente palavras como "graça" e "transfiguração", e é claro que, entre outras coisas, é isso que elas significam. Meu olhar viajava da rosa para o cravo, e dessa incandescência emplumada para os lisos pergaminhos de ametista senciente que compunham a íris. A Visão Beatífica, *Sat-Chit-Ananda*, Ser-Consciência-Êxtase[8] — pela primeira vez compreendi, não no nível verbal, não por insinuações rudimentares ou à distância, mas de modo preciso e completo, a que essas sílabas prodigiosas se referiam. E então me lembrei de algo que havia lido num dos ensaios de Suzuki. "O que é o Corpo de Darma do Buda?" ("O Corpo de Darma do Buda" é mais uma designação do Espírito Universal, da Esseidade, do Vazio, da Essência

---

8 Êxtase: tradução de *Ananda*, do *Sat-Chit-Ananda*: representa um estado de quase "deleite" da experiência do nível mais elevado de realidade e consciência, para o bramanismo e também para o hinduísmo. No original, Huxley usa o termo "bliss". (N. E.)

Divina.) A pergunta é feita num mosteiro zen-budista por um novato sincero e perplexo. Com o descabimento espontâneo de um dos irmãos Marx, o mestre responde: "A cerca viva no fundo do jardim". "E o homem que compreende essa verdade", indaga o noviço cheio de dúvidas, "permita-me perguntar: o que é ele?" Groucho lhe dá uma paulada nas costas com seu bastão e responde: "Um leão de juba dourada".

Quando a li pela primeira vez, essa passagem nada mais era que uma historinha *nonsense* que trazia em si a vaga promessa de significados insuspeitos. Agora era clara como o dia, evidente como Euclides. É claro que o Corpo de Darma do Buda era a cerca viva no fundo do jardim. Ao mesmo tempo, e de modo igualmente óbvio, ele era essas flores, era qualquer coisa que eu — ou, antes, o abençoado Não Eu, liberto por um instante de meu abraço sufocante — quisesse observar. Os livros, por exemplo, que cobriam as paredes do estúdio. Como as flores, quando eu os contemplava, eles reluziam com cores mais vivas e um significado mais profundo. Livros vermelhos, como rubis; livros de esmeralda; livros encapados em jade branco; livros de ágata, de água-marinha, de topázio amarelo; livros de lápis-lazúli cuja cor era tão intensa, tão intrinsecamente significativa, que pareciam a ponto de saltar das prateleiras a fim de impor-se com mais insistência à minha atenção.

"E como lhe parecem as relações espaciais?", indagou o pesquisador, enquanto eu olhava para os livros.

Era difícil responder. É verdade que a perspectiva me parecia meio esquisita e que as paredes do escritório já não davam a impressão de encontrar-se em ângulos retos. Mas não eram esses os fatos realmente importantes. O que realmente importava era que as relações de espaço haviam perdido grande parte de sua relevância e minha mente agora percebia o mundo de acordo com categorias outras que não as espaciais. Nos momentos comuns, o olho se ocupa de problemas como "onde?", "a que distância?", "situado de que modo em relação a quais outras coisas?". Na experiência da mescalina, as questões implícitas às quais o olhar reage são de outra ordem. O lugar e a distância perdem boa parte do seu interesse. O Perceber da mente toma como categorias a intensidade de existência, a profundidade de significado, relações dentro de um padrão. Eu via os livros, mas não estava nem um pouco preocupado com suas posições no espaço. O que eu notava, o que se imprimia em minha mente, era o fato de todos eles brilharem com luz viva e de, em alguns, a glória ser mais manifesta que em outros. Nesse contexto, a posição e as três dimensões não vinham ao caso. É claro que a categoria do espaço não fora abolida. Quando eu me levantava e caminhava, era capaz de fazê-lo normalmente, sem me equivocar acerca da posição dos objetos. O espaço ainda existia, mas havia perdido a sua predominância. O que interessava antes de tudo à mente não eram as medidas e localizações, mas o ser e o significado.

A indiferença ao espaço era acompanhada por uma indiferença ainda maior ao tempo. "É abundante", foi tudo o que respondi quando o pesquisador me pediu que lhe dissesse o que eu sentia a respeito do tempo. Era abundante, mas a quantidade exata não vinha, de modo algum, ao caso. Eu podia, é claro, ter olhado para meu relógio de pulso; mas sabia que meu relógio de pulso encontrava-se em outro universo. A experiência real que eu tivera até então, e ainda tinha, era a de uma duração indefinida ou, alternativamente, de um perpétuo presente composto de um apocalipse em contínua mutação.

Dos livros, o pesquisador dirigiu minha atenção para o mobiliário. Uma mesinha de datilografia estava colocada no centro da sala; atrás dela, do meu ponto de vista, havia uma cadeira de vime e, mais atrás, uma escrivaninha. As três peças formavam um padrão complexo de linhas horizontais, verticais e diagonais — padrão que se tornava ainda mais interessante pelo fato de não ser interpretado em termos de relações espaciais. A mesinha, a cadeira e a escrivaninha se uniam numa composição que lembrava algo de Braque ou Juan Gris,[9] uma natureza-morta que, embora guardasse uma relação reconhecível com o mundo objetivo, era representada sem profundidade, sem nenhuma consideração pelo realismo fotográfico. Eu não olhava para meus móveis como o utilitarista que tem de sentar-se em cadeiras ou escrever em mesas e escrivaninhas, tampouco como o operador de uma câmera cinematográfica ou a pessoa que faz anotações científicas, mas sim como o puro esteta cujo interesse está unicamente nas formas e suas relações dentro do campo de visão ou do espaço pictórico. Porém, enquanto eu olhava, esse olhar puramente estético, cubista, deu lugar ao que só posso descrever como uma visão sacramental da realidade. Encontrei-me de novo no lugar onde estava quando contemplava as flores — voltei a um mundo onde tudo brilhava com a Luz Interior e era dotado de significado infinito. As pernas daquela cadeira, por exemplo — quão milagrosa a sua tubularidade, quão sobrenatural a sua lisura polida! Passei alguns minutos — ou terão sido alguns séculos? — não só contemplando aquelas pernas de bambu, mas *sendo-as* — ou, antes, sendo eu mesmo nelas; ou, para ser ainda mais preciso (pois "eu" não estava envolvido na situação, tampouco, em certo sentido, estavam "elas"), sendo o meu Não Eu no Não Eu que era a cadeira.

Refletindo sobre a minha experiência, vejo-me concordando com o dr. C. D. Broad, eminente filósofo de Cambridge, em que "deveríamos levar muito mais a sério do que temos feito até agora o tipo de teoria que Bergson[10] apresentou a respeito da memória e

---

9 Georges Braque (1882-1963) e Juan Gris (1887-1927) foram artistas fundamentais no movimento cubista. Braque, francês, fundou o cubismo junto com Pablo Picasso, e Juan Gris, pseudônimo de José Victoriano González, é considerado o principal nome do cubismo sintético. (N. E.)

10 Henri Bergson (1859-1941), prêmio Nobel de Literatura em 1927, foi um filósofo francês vinculado ao pensamento espiritualista evolucionista. Sua obra tem sido estudada em diversas áreas do conhecimento. (N. E.)

da percepção sensorial. Sua tese é a de que a função do cérebro, do sistema nervoso e dos órgãos sensoriais é muito mais eliminativa que produtiva. A cada momento, cada pessoa é capaz de lembrar-se de tudo quanto já lhe aconteceu e de perceber tudo quanto está acontecendo em toda parte no universo. O cérebro e o sistema nervoso têm a função de impedir que sejamos sobrecarregados e confundidos por essa massa de conhecimento que, em sua maior parte, é inútil ou irrelevante. Assim, eles excluem a maioria das coisas que poderíamos perceber ou lembrar a cada momento e deixam passar somente uma seleção muito pequena e especial que provavelmente terá utilidade prática". Segundo tal teoria, cada um de nós é potencialmente a Mente Integrada. Mas, na medida em que somos animais, nosso objetivo é sobreviver a todo custo. A fim de tornar possível a sobrevivência biológica, a Mente Integrada tem de passar pela válvula redutora do cérebro e do sistema nervoso. O que sai do outro lado é um mero fio de água do tipo de consciência que nos ajuda a permanecer vivos na superfície deste planeta em particular. A fim de formular e expressar os conteúdos dessa consciência reduzida, o homem inventou e submeteu a uma elaboração infinita aqueles sistemas de símbolos e filosofias implícitas que chamamos de línguas. Cada indivíduo é a um só tempo o beneficiário e a vítima da tradição linguística no seio da qual nasceu — é seu beneficiário na medida em que a língua lhe dá acesso aos registros acumulados das experiências de outras pessoas, e é sua vítima na medida em que a mesma língua confirma, no indivíduo, a crença de que a consciência reduzida é a única consciência, assombrando o seu senso de realidade e criando nele a tendência quase inevitável de substituir os dados pelos conceitos, as coisas reais pelas palavras. Aquilo a que a linguagem da religião dá o nome de "este mundo" é o universo da consciência reduzida, expresso e, por assim dizer, petrificado pela língua. Os vários "outros mundos" com que os seres humanos vez por outra fazem contato são os tantos outros elementos da totalidade de consciência que pertence à Mente Integrada. A maior parte das pessoas, a maior parte do tempo, só conhece aquilo que passa pela válvula redutora e é consagrado como genuinamente real pela língua local. Certos indivíduos, no entanto, parecem nascer com uma espécie de tubulação alternativa que contorna a válvula redutora. Outros adquirem tal tubulação temporariamente, de modo espontâneo, ou como resultado de "exercícios espirituais" deliberados, ou pela hipnose, ou ainda por meio de drogas. O que flui por essas tubulações alternativas permanentes ou temporárias não é, com efeito, a percepção de "tudo quanto está acontecendo em toda parte no universo" (pois a tubulação alternativa não abole a válvula redutora, que ainda exclui o conteúdo total da Mente Integrada), mas algo diferente, além e acima do material utilitário cuidadosamente selecionado que nossa estreita mente individual encara como uma imagem completa, ou pelo menos suficiente, da realidade.

O cérebro contém vários sistemas enzimáticos que servem para coordenar suas operações. Algumas dessas enzimas controlam o fornecimento de glicose para as células cerebrais. A mescalina inibe a produção dessas enzimas e, assim, diminui a quantidade de glicose disponibilizada a um órgão que necessita constantemente de açúcar. O que acontece quando a mescalina reduz a ração normal de açúcar fornecida ao cérebro? Uma vez que os casos observados foram poucos, ainda não podemos dar uma resposta completa a essa pergunta. Mas podemos resumir a seguir o que aconteceu com a maior parte dos poucos que tomaram mescalina sob supervisão.

A memória e a capacidade de "pensar direito" pouco ou nada se reduzem. (Ouvindo as gravações das minhas conversas sob a influência da droga, não constato que eu estivesse então mais obtuso do que sou normalmente.)

As impressões visuais se intensificam e o olhar recupera parte da inocência perceptiva da infância, quando as sensações não se subordinavam imediata e automaticamente aos conceitos. O interesse pelo espaço diminui e o interesse pelo tempo quase se anula.

Embora o intelecto não sofra prejuízo algum, e conquanto a percepção melhore imensamente, a vontade sofre uma profunda mudança para pior. O consumidor de mescalina não vê razão alguma para fazer qualquer coisa em particular e considera profundamente desinteressante a maioria das causas pelas quais, em momentos normais, estaria preparado para agir e sofrer. Não se importa nem um pouco com elas, e por um bom motivo: tem coisas melhores em que pensar.

Essas coisas melhores podem ser experimentadas (como eu as experimentei) quer "lá fora", quer "aqui dentro", quer, ainda, em ambos os mundos — o interior e o exterior — simultânea ou sucessivamente. O fato de serem melhores é autoevidente para todos aqueles que tomam a mescalina com o fígado em bom estado e a mente despreocupada.

Esses efeitos da mescalina são exatamente aqueles que normalmente seguir-se-iam à administração de uma droga que tenha o poder de diminuir a eficiência da válvula redutora cerebral. Quando o cérebro sente falta de açúcar, o ego subnutrido se debilita, não se importa mais em cumprir as tarefas necessárias e perde todo o interesse por aquelas relações espaciais e temporais que tanto significam para um organismo dedicado a sobreviver no mundo. Na medida em que a Mente Integrada se infiltra por uma válvula que já não é estanque, as mais diversas coisas biologicamente inúteis começam a acontecer. Em alguns casos, ocorrem percepções extrassensoriais. Outras pessoas descobrem um mundo de visionária beleza. A outras ainda revelam-se a glória, o significado e o valor infinito da existência nua, do evento dado e não conceitualizado. No estágio final da ausência de ego, sobrevém um "conhecimento obscuro" de que o Todo está em toda parte — de que o Todo é, na verdade, cada coisa. É esse, segundo entendo, o ponto mais próximo a que a mente finita pode chegar da percepção de "tudo quanto está acontecendo em toda parte no universo".

Nesse contexto, como é significativa a imensa intensificação, sob o efeito da mescalina, da percepção das cores! Para certos animais, a capacidade de distinguir determinados matizes tem grande importância biológica. No entanto, para além dos limites de seu espectro utilitário, a maioria das criaturas é completamente daltônica. As abelhas, por exemplo, passam a maior parte de seu tempo "deflorando as virgens novas da primavera";[11] no entanto, como demonstrou Von Frisch,[12] é mínimo o número de cores que elas são capazes de reconhecer. O sentido cromático do ser humano, tão desenvolvido, é um luxo biológico — inestimável para ele como ser intelectual e espiritual, mas desnecessário para sua sobrevivência como animal. A julgar pelos adjetivos que Homero lhes coloca na boca, os heróis da Guerra de Troia mal superavam as abelhas em sua capacidade de distinguir as cores. Pelo menos sob esse aspecto, o progresso da humanidade tem sido prodigioso.

A mescalina eleva todas as cores a uma nova potência e dá àquele que as percebe a consciência de inúmeros e sutilíssimos matizes de diferença, aos quais, em condições normais, ele é completamente cego. Ao contrário do que pensava Locke,[13] parece-lhe evidente que as cores são mais importantes e mais dignas de atenção do que as massas, posições e dimensões. Muitos místicos, como os consumidores de mescalina, percebem cores sobrenaturalmente brilhantes não só com o olho da imaginação, mas mesmo no mundo

---

11 Trecho do poema "A rupture", de Thomas Carew: "deflowering the fresh virgins of the spring". (N. E.)
12 Karl von Frisch (1886-1982), entomologista austríaco que estudou o comportamento de diversos insetos, em especial o das abelhas. (N. E.)
13 O filósofo inglês John Locke (1632-1704) é o principal representante do empirismo britânico. Em seus livros, defende que a experiência é a fonte do conhecimento, o qual depois se desenvolve através do exercício da razão. (N. E.)

objetivo ao seu redor. Relatos semelhantes foram feitos por paranormais e sensitivos. Para certos médiuns, as breves revelações que se manifestam ao consumidor de mescalina representam a experiência que eles têm habitualmente, dia a dia e hora a hora, durante longos períodos.

Dessa longa excursão, ainda que indispensável, pelos domínios da teoria, voltemos agora aos milagrosos fatos — as quatro pernas de bambu de uma cadeira no meio de uma sala. Como os narcisos de Wordsworth, elas traziam em si todo tipo de riqueza — o dom inestimável de uma intuição nova e direta da própria Natureza das Coisas aliado a um tesouro mais modesto de compreensão do campo específico da arte. Uma rosa é uma rosa é uma rosa; mas aquelas pernas de cadeira eram pernas de cadeira eram São Miguel e todos os anjos. Quatro ou cinco horas depois desse acontecimento, quando os efeitos da falta de açúcar no cérebro já estavam passando, levaram-me a um pequeno passeio pela cidade que incluiu uma visita, perto da hora do pôr do sol, àquela que modestamente pretende ser a Maior Loja de Departamentos do Mundo. No fundo da M.L.D.M., entre os brinquedos, cartões de Natal e de aniversário e revistas em quadrinhos, havia uma insuspeita prateleira de livros de arte. Peguei o primeiro volume em que pude pôr a mão. Era um livro sobre Van Gogh, e a pintura na qual o livro se abriu foi *A cadeira* — esse incrível retrato de uma *Ding an Sich*[14] que o pintor ensandecido contemplou com uma espécie de terror reverencial e procurou representar em sua tela. Porém, mesmo o poder do gênio mostrou-se insuficiente para cumprir essa tarefa. Estava claro que a cadeira que Van Gogh vira era idêntica, em essência, à cadeira que eu havia visto. No entanto, embora fosse incomparavelmente mais real que as cadeiras da percepção comum, a cadeira em sua

---

14 Expressão cunhada por Immanuel Kant (1724-1804), normalmente traduzida por "a coisa em si". (N. E.)

pintura continuava sendo apenas um símbolo singularmente expressivo do fato. O fato fora a Esseidade manifesta; ela era só um emblema. Tais emblemas são fontes de conhecimento verdadeiro acerca da Natureza das Coisas, e esse conhecimento verdadeiro pode preparar a mente que o aceita para ter intuições imediatas por sua própria conta. Mas isso é tudo. Por mais expressivos que sejam, os símbolos não podem ser jamais as coisas que representam.

Seria interessante, nesse contexto, fazer um estudo das obras de arte a que os grandes conhecedores da Esseidade tinham acesso. Que tipo de pinturas Eckhart apreciava? Quais esculturas e pinturas tiveram parte na experiência religiosa de São João da Cruz, de Hakuin, de Hui-neng, de William Law?[15] As respostas a essas perguntas estão além do meu conhecimento, mas tenho a forte suspeita de que a maioria dos grandes conhecedores da Esseidade prestava pouquíssima atenção à arte — alguns recusavam-se a ter qualquer coisa a ver com ela, outros se contentavam com obras que um olhar crítico classificaria como de segunda categoria, ou mesmo de décima categoria. (Para uma pessoa cuja mente transfigurada e transfigurante é capaz de ver o Todo em cada coisa, a qualidade — ou a falta desta — de uma pintura, mesmo religiosa, será objeto da mais soberana indiferença.) Suponho que a arte é apenas para principiantes ou, então, para aqueles que se enfiaram resolutamente num beco sem saída, que resolveram contentar-se com meros substitutos da Esseidade, com símbolos em lugar daquilo que eles simbolizam, com receitas elegantemente compostas em lugar do jantar propriamente dito. Devolvi o Van Gogh à prateleira e peguei o volume ao

---

15 São João da Cruz (1542-1591) foi um místico, sacerdote e frade carmelita espanhol canonizado no século XVIII. Hakuin Ekaku (1686-1769) e Hui-neng (638-713 d.C.) são dois dos nomes mais influentes do zen-budismo japonês. William Law (1686-1761), clérigo inglês cujos escritos místicos influenciaram gerações de teólogos posteriores. (N. E.)

lado. Era um livro sobre Botticelli. Virei as páginas. *O nascimento de Vênus* — nunca fora uma das minhas favoritas. *Vênus e Marte,* cuja graciosidade foi condenada com tanta paixão pelo pobre Ruskin[16] no auge da sua prolongada tragédia sexual. *A calúnia de Apeles*, maravilhosamente rica e intricada. E, por fim, uma pintura um pouco menos conhecida e aliás não muito boa, *Judite*. Minha atenção foi capturada e voltei meu olhar fascinado não para a heroína pálida e neurótica nem para sua dama de companhia, nem ainda para a cabeça hirsuta da vítima ou para a paisagem primaveril em segundo plano, mas para a seda purpúrea do corpete preguead0 de Judite e para suas longas saias balançando ao vento.

Tratava-se de algo que eu já vira antes — já vira naquela mesma manhã, entre as flores e os móveis, quando voltara os olhos por acaso, e continuara contemplando, por apaixonada escolha, minhas próprias pernas cruzadas. As pregas nas calças — que labirinto de infinita e significativa complexidade! E a textura da flanela cinzenta — quão rica, quão profunda e misteriosamente suntuosa! Lá estavam elas de novo, na pintura de Botticelli.

Os seres humanos civilizados usam roupas e, portanto, não pode haver retrato nem narrativa mitológica ou histórica sem representações de tecidos drapeados. Porém, embora explique suas origens, a mera alfaiataria jamais poderá explicar o luxuriante desenvolvimento do drapeado como um tema principal de todas as artes plásticas. É óbvio que os artistas sempre amaram o drapeado pelo que é em si mesmo — ou, antes, pelo que representava para eles. Quando pintamos ou esculpimos tecidos drapeados, pintamos ou esculpimos formas que, para todos os efeitos, não são figurativas — aquelas formas incondicionadas às quais mesmo os artistas das tradições mais naturalistas gostam de se entregar. Nas

---

[16] John Ruskin (1819-1900) foi um escritor, crítico da arte e dos costumes britânicos, além de poeta e desenhista. Normalmente vinculado ao Romantismo. (N. E.)

representações típicas de Nossa Senhora ou dos apóstolos, por exemplo, o elemento estritamente humano e plenamente figurativo responde por cerca de dez por cento do todo. O restante consiste em variações multicoloridas do tema inexaurível da lã ou do linho amassados. Esses nove décimos não figurativos de Nossa Senhora ou dos apóstolos podem ter importância qualitativa tão grande quanto a sua presença quantitativa. Muitas vezes dão o tom da obra de arte inteira, lançam as bases da representação do tema, expressam o espírito, o temperamento, a atitude do artista em relação à vida. Uma serenidade estoica se revela nas superfícies lisas e nas dobras amplas e tranquilas dos drapeados de Piero. Dilacerado entre o fato e o desejo, entre o cinismo e o idealismo, Bernini tempera a verossimilhança quase caricatural de seus rostos com enormes abstrações de alfaiataria, que são a encarnação em pedra ou bronze dos eternos lugares-comuns da retórica: o heroísmo, a santidade, a sublimidade aos quais a humanidade perpetuamente aspira, quase sempre em vão. Pense nas saias e mantos perturbadores e viscerais de El Greco e nas dobras agudas, contorcidas, flamejantes com que Cosimo Tura reveste suas figuras: no primeiro, a espiritualidade tradicional se decompõe num anseio fisiológico sem nome; no segundo, contorce-se a sensação agoniada da estranheza e da hostilidade essenciais do mundo. Ou então pense em Watteau; seus homens e mulheres tocam alaúde, aprontam-se para bailes e farsas teatrais e embarcam, sobre gramados de veludo e à sombra de nobres árvores, rumo à Citera dos sonhos de todo amante; sua imensa melancolia e a excruciante sensibilidade à flor da pele de seu criador não encontram expressão nas ações representadas nem nos gestos e faces retratados, mas no relevo e na textura de suas saias de tafetá, de suas capas e gibões de cetim. Não há aí nem uma polegada de superfície lisa, nem um momento de paz e segurança, mas somente uma selva de seda formada por incontáveis e minúsculas dobras e rugas, com uma modulação incessante — a incerteza interior representada com a perfeita autoconfiança da mão de um mestre — de tom para tom, de uma cor indeterminada para outra. Na vida, o homem propõe e Deus dispõe. Nas artes plásticas, quem propõe é o tema da obra; quem dispõe é, em última instância, o temperamento do artista e, em primeira instância (pelo menos nos retratos, pinturas históricas e pinturas de gênero), o drapeado pintado ou esculpido. Juntos, esses dois podem decretar que uma *fête galante* nos leve às lágrimas, que uma crucificação seja serena a ponto de mostrar-se alegre, que uma estigmatização seja quase intoleravelmente sensual, que a imagem de um prodígio de estupidez feminina (estou pensando agora na incomparável *Madame Moitessier*, de Ingres[17]) seja expressão da mais austera e inflexível intelectualidade.

Mas isso não é tudo. Descobri então que os drapejados são muito mais que meros expedientes para a introdução de formas não figurativas nas pinturas e esculturas naturalistas. Aquilo que o resto das pessoas só vê sob a influência da mescalina, o artista já nasce dotado para ver o tempo todo. Sua percepção não se limita àquilo que é biológica ou socialmente útil. Um pouquinho do conhecimento pertencente à Mente Integrada passa pela válvula redutora do cérebro e do ego e penetra em sua consciência. É um conhecimento do significado intrínseco de qualquer ente. Para o artista, como para o consumidor de mescalina, os drapejados são hieróglifos vivos que, de maneira peculiarmente expressiva, representam o mistério insondável do puro Ser. Mais ainda que a cadeira, conquanto menos,

---

[17] O parágrafo cita os seguintes nomes: Piero della Francesca (1415-1492), pintor italiano da segunda fase do Renascimento; Gian Lorenzo Bernini (1598-1680), artista barroco italiano; El Greco (1541-1614), pintor, escultor e arquiteto grego – que passou a vida na Espanha; Cosimo Tura (1430-1495), pintor italiano do começo da Renascença; Jean-Antoine Watteau (1684-1721), pintor francês vinculado ao Rococó; e Jean-Auguste Dominique Ingres (1780-1867), pintor e desenhista francês à época entre o Neoclassicismo e o Romantismo. (N. E.)

talvez, que aquelas flores totalmente sobrenaturais, as dobras da minha calça de flanela cinzenta estavam carregadas de "qualidade de ser". Não sei dizer a que elas deviam esse status privilegiado. Será, talvez, pelo fato de as formas dos tecidos dobrados serem tão estranhas e dramáticas que elas atraem o nosso olhar e, assim, impõem à nossa atenção o fato milagroso da existência pura? Quem sabe? A razão da experiência é menos importante que a experiência em si. Absorto diante das saias de Judite na Maior Loja de Departamentos do Mundo, eu soube que Botticelli — e não somente Botticelli, mas muitos outros também — havia olhado para os drapejados com o mesmo olhar transfigurado e transfigurante que fora meu naquela manhã. Todos eles viram a *Istigkeit*, a Completude e a Infinitude dos tecidos dobrados, e deram o melhor de si para representá-las na tela ou na pedra. Necessariamente, é claro, sem sucesso. Pois a glória e a maravilha da pura existência pertencem a outra ordem, que ultrapassa os poderes de expressão até da arte mais elevada. Nas saias de Judite, porém, eu vi claramente aquilo que, se fosse um pintor de gênio, poderia ter feito com minhas velhas calças de flanela cinzenta. Não seria muito, e os céus o sabem, em comparação com a realidade; mas seria suficiente para deleitar geração após geração de espectadores, suficiente para fazê-los entender pelo menos um pouco do verdadeiro significado daquelas que, em nossa patética imbecilidade, chamamos de "simples coisas" e desprezamos em favor da televisão.

"É assim que devemos ver", eu repetia, enquanto olhava para minhas calças ou contemplava os livros preciosos nas prateleiras, as pernas da minha cadeira infinitamente transvangoghiana. "É assim que devemos ver, assim que as coisas realmente são." E, no entanto, havia algumas ressalvas. Se sempre víssemos as coisas daquele jeito, nunca mais quereríamos fazer outra coisa. Simplesmente olhar, simplesmente ser o divino Não Eu da flor, do livro, da cadeira, da flanela. Isso seria suficiente. Mas, nesse caso, o que seria das outras pessoas? O que seria das relações humanas? No registro das conversas daquela manhã, encontro a pergunta constantemente repetida: "O que seria das relações humanas?". Como reconciliar essa bem-aventurança atemporal de ver como devemos ver com os deveres temporais de fazer o que devemos fazer e sentir o que devemos sentir? Eu disse: "Devemos ser capazes de ver essas calças como infinitamente importantes e os seres humanos como ainda mais infinitamente importantes". Devemos — mas, na prática, isso parecia impossível. A participação na glória manifesta das coisas não deixava espaço algum, por assim dizer, para as preocupações comuns e necessárias da existência humana e, sobretudo, para as preocupações envolvendo pessoas. Pois cada pessoa é um eu e, pelo menos sob um aspecto, eu era então um Não Eu, simultaneamente percebendo e sendo o Não Eu das coisas ao meu redor. Para esse Não Eu recém-nascido, o comportamento, a aparência, a própria ideia do eu que ele momentaneamente deixara de ser, e dos outros eus, seus antigos congêneres, não pareciam repugnantes (pois a repugnância não era uma das categorias em termos das quais eu estava pensando), mas imensamente desimportantes. Instado pelo pesquisador a analisar e relatar o que eu estava fazendo (e como eu queria ser deixado em paz na companhia da Eternidade numa flor, da Infinitude em quatro pernas de cadeira e do Absoluto nas dobras de um par de calças de flanela!), percebi que estava evitando deliberadamente os olhares daqueles que estavam comigo no escritório, abstendo-me propositalmente de tomar demasiada consciência deles. Um deles era minha esposa; o outro, um homem que eu respeitava e de quem muito gostava; mas ambos pertenciam ao mundo do qual, por um instante, a mescalina havia me libertado — o mundo dos eus, do tempo, dos juízos morais e das considerações utilitárias, o mundo (e era este aspecto da vida humana que eu queria, acima de tudo, esquecer) da autoafirmação, da presunção, da sobrevalorização das palavras e da idolatria das noções.

A essa altura dos procedimentos, deram-me uma grande reprodução em cores do famoso autorretrato de Cézanne — a cabeça e os ombros de um homem com um grande chapéu de palha, lábios e bochechas rubras, vastos bigodes negros e olhar escuro e hostil. É uma pintura magnífica; mas não era como uma pintura que eu agora a via, pois a cabeça imediatamente assumiu uma terceira dimensão e ganhou vida na qualidade de um homenzinho semelhante a um gnomo que olhava por uma janela na página à minha frente. Comecei a rir. Quando me perguntaram o motivo do riso, eu repetia: "Quanta pretensão! Quem ele acha que é?". A pergunta não era dirigida a Cézanne em particular, mas à espécie humana em geral. Quem todos eles acham que são?

"É como Arnold Bennett nas Dolomitas", eu disse, lembrando-me de repente de uma cena, felizmente imortalizada numa fotografia, de A.B., uns quatro ou cinco anos antes de morrer, caminhando por uma estrada, no inverno, em Cortina d'Ampezzo. Ao seu redor jazia a neve virgem; ao fundo, uma aspiração mais que gótica de penhascos vermelhos. E lá estava o querido, o bondoso, o infeliz A.B., representando com exagero consciente o papel de seu personagem de ficção favorito — ele próprio, o Trunfo em pessoa. Lá ia ele, caminhando a passos curtos e incertos sob o brilhante sol alpino, os polegares nas cavas de um colete amarelo que se projetava, um pouco mais abaixo, com a curva graciosa de uma janela convexa ao estilo da Regency Square, em Brighton — a cabeça lançada para trás como se pretendesse, à maneira de um canhão Howitzer, atirar, em sílabas desconexas, um insulto à abóbada azul do céu. Esqueci-me do que ele efetivamente disse; mas o que todo o seu jeito, sua atitude e sua postura gritavam na mais alta voz era: "Sou tão bom quanto essas malditas montanhas!". E, de certo modo, ele era infinitamente melhor que elas; mas não, ele bem sabia, da maneira que seu personagem de ficção favorito gostaria de imaginar.

Com ou sem sucesso (o que quer que isso signifique), todos nós representamos de forma exagerada o papel do nosso personagem de ficção favorito. E o fato quase infinitamente improvável de uma pessoa ser Cézanne não faz a menor diferença. Pois esse pintor consumado, dono de uma tubulação que, contornando a válvula cerebral e o filtro do ego, o ligava diretamente à Mente Integrada, também era, com idêntica certeza, esse gnomo bigodudo de olhar hostil. Em busca de alívio, voltei-me novamente para as dobras nas calças. "É assim que devemos olhar para as coisas", eu repetia vez após outra. E poderia ter acrescentado: "São esses os tipos de coisas para as quais devemos olhar". As coisas sem pretensão, suficientes em sua Esseidade, que não representam nenhum papel, não tentam loucamente caminhar sozinhas, isoladas do Corpo do Darma, desafiando de modo luciferino a graça de Deus.

"O que mais se aproximaria disso", eu disse, "seria um Vermeer."

Isso mesmo, um Vermeer. Pois esse artista misterioso era verdadeiramente dotado daquela visão que percebe o Corpo do Darma como a cerca viva no fundo do jardim, dotado do talento de representar essa visão tanto quanto o permitem as limitações da capacidade humana, bem como da prudência de limitar-se, em suas pinturas, aos aspectos mais tratáveis da realidade; pois, embora Vermeer representasse seres humanos, ele sempre foi um pintor de naturezas-mortas. Cézanne, que mandava suas modelos se esforçarem para se parecer com uma maçã, tentou pintar retratos no mesmo espírito. Mas suas frugais mulheres têm mais parentesco com as ideias platônicas que com o Corpo do Darma na cerca viva. São a Eternidade e o Infinito vistos não na areia ou na flor, mas nas abstrações de uma espécie muito superior de geometria. Vermeer nunca pediu a suas meninas que se parecessem com uma maçã. Pelo contrário, insistia em que elas fossem meninas no máximo grau possível — com a ressalva de que consentissem em não se comportar como meninas. Poderiam sentar-se ou ficar em pé, mas não poderiam jamais dar risadinhas, mostrar-se tímidas, recitar suas orações ou sentir saudade do namorado ausente; não poderiam mexericar e olhar com inveja para os bebês de outras mulheres, não poderiam ir ao banheiro, não poderiam jamais amar, odiar ou trabalhar. Ao fazer qualquer uma dessas coisas, elas se tornariam, sem dúvida, mais intensamente elas próprias, mas por essa mesma razão deixariam de manifestar seu Não Eu divino e essencial. Para usar a expressão de Blake, as portas da percepção de Vermeer estavam apenas parcialmente limpas. Um dos painéis havia se tornado quase perfeitamente transparente; o restante da porta ainda estava enlameado. O Não Eu essencial era percebido de modo muito claro nas coisas e nas criaturas vivas aquém do bem e do mal. Nos seres humanos, ele só era visível estando eles em repouso, as mentes tranquilas, os corpos imóveis. Nessas circunstâncias, Vermeer era capaz de ver a Esseidade em toda a sua beleza celestial — era capaz de vê-la e, em pequena medida, de representá-la numa natureza-morta sutil e suntuosa. Vermeer é, sem dúvida, o maior pintor de naturezas-mortas humanas. Mas houve outros; por exemplo, os irmãos Le Nain, contemporâneos franceses de Vermeer. Suponho que, de início, eles queriam ser pintores de gênero; mas o que acabaram produzindo na prática foi uma série de naturezas-mortas humanas em que sua percepção purificada do significado infinito de todas as coisas não é representada, como no caso de Vermeer, por um sutil enriquecimento da cor e da textura, mas por uma claridade intensificada, uma obsessiva nitidez da forma dentro de uma tonalidade austera, quase monocromática. Em nossa época tivemos Vuillard, que, em seu melhor momento, pintou quadros inesquecíveis e esplêndidos do Corpo do Darma manifestado num quarto burguês, do Absoluto refulgindo fugidio por entre os familiares de um corretor de ações num jardim suburbano, tomando chá.

> *Ce qui fait que l'ancien bandagiste renie*
> *Le comptoir dont le faste alléchait les passants,*
> *C'est son jardin d'Auteuil où, veufs de tout encens,*
> *Les zinnias ont l'air d'être en tôle vernie.*[18]

Para Laurent Tailhade, o espetáculo era meramente obsceno. Porém, se o vendedor de produtos cirúrgicos aposentado ficasse suficientemente imóvel enquanto posava, Vuillard teria visto nele somente o Corpo do Darma, teria pintado — nas zínias, no lago de peixes dourados, na torre mourisca e nas lanternas chinesas da casa de campo — um cantinho do Éden antes da Queda.

Entretanto, minha pergunta permanecia sem resposta. De que modo essa percepção purificada poderia conciliar-se com um adequado interesse pelas relações humanas, pelas tarefas e deveres necessários, para não mencionar a caridade e a compaixão prática? Renovava-se o antiquíssimo debate entre os ativos e os contemplativos — e renovava-se, no que me dizia respeito, com uma agudeza sem precedentes. Até aquela manhã, eu conhecera a contemplação somente em suas formas mais humildes e comezinhas — num pensamento discursivo; num enlevo provocado pela poesia, pela pintura ou pela música; na paciente espera por essas inspirações, sem as quais nem mesmo o escritor mais prosaico pode ter a esperança de realizar qualquer coisa; em ocasionais vislumbres, na natureza, do "algo mui profundamente interfundido" de Wordsworth; num silêncio sistemático que produz, de vez em quando, insinuações de um "conhecimento obscuro". Agora, porém, eu conhecia a contemplação em seu auge. Em seu auge, mas não ainda em sua plenitude.

---

18 "O que fez com que o velho vendedor de produtos cirúrgicos renunciasse/ Às suas vitrines, cujo esplendor fascinava os transeuntes,/ Foi seu jardim de Auteuil, onde, desprovidas de todo odor,/ As zínias parecem feitas de chapas de metal pintadas." Trecho de um poema do escritor francês Laurent Tailhade (1854-1919). (N. T.)

Pois, em sua plenitude, o caminho de Maria inclui o caminho de Marta[19] e o eleva, por assim dizer, à sua potência mais alta. A mescalina abre o caminho de Maria, mas fecha as portas para o de Marta. Dá acesso à contemplação — a uma contemplação que, contudo, é incompatível com a ação e mesmo com a vontade de agir, com a própria ideia da ação. Nos intervalos entre as suas revelações, o usuário da mescalina tende a sentir que, embora sob um aspecto tudo esteja sumamente como deva estar, sob outro aspecto algo está errado. Seu problema é essencialmente idêntico ao que confronta o quietista, o *arhat* e, num outro nível, o pintor de paisagens e o pintor de naturezas-mortas humanas. A mescalina é absolutamente incapaz de resolver esse problema; só é capaz de propô-lo, de modo apocalíptico, para aqueles a quem ele nunca antes havia se mostrado. A solução plena e final só pode ser encontrada por quem esteja preparado a implementar o tipo correto de *Weltanschauung*[20] por meio do comportamento correto e de uma atenção correta, constante e tranquila. Em contraposição ao quietista, temos aqui o ativo-contemplativo, o santo, o homem que, no dizer de Eckhart, está disposto a descer do sétimo céu para oferecer um copo de água a seu irmão doente. Em contraposição ao *arhat*, que foge do mundo das aparências e se recolhe num Nirvana totalmente transcendental, temos o *Bodhisattva*, para quem a Esseidade e o mundo das contingências são uma só coisa e para cuja compaixão infinita cada uma dessas contingências é uma ocasião não só para uma intuição transfigurante, mas também para a mais concreta caridade. E, no universo da arte, em contraposição a Vermeer e a todos os outros pintores de naturezas-mortas

---

19 Referência a uma passagem do Evangelho de são Lucas (10,38-42). As irmãs Marta e Maria, discípulas de Jesus Cristo, são tradicionalmente tomadas como figuras da vida ativa e da vida contemplativa, respectivamente. (N. T.)
20 Cunhado pelo filósofo Wilhelm Dilthey (1833-1911), o termo é normalmente traduzido por "cosmovisão". (N. E.)

humanas, em contraposição aos mestres das pinturas de paisagens chinesas e japonesas, em contraposição a Constable e Turner, em contraposição a Sisley e Seurat e Cézanne, temos a arte universal de Rembrandt. São nomes enormes, eminências inacessíveis. Quanto a mim, naquela memorável manhã de maio, eu só podia sentir gratidão por uma experiência que me mostrara, com mais clareza do que eu jamais tivera, a verdadeira natureza do desafio e sua libertadora resposta.

Antes de sairmos deste tema, quero acrescentar que não existe forma de contemplação, nem mesmo a mais quietista, que não tenha seus valores éticos. Pelo menos metade da moral é negativa e consiste em não fazer o mal. O "pai-nosso" tem pouco mais de cinquenta palavras, e seis delas são dedicadas a pedir a Deus que não nos deixe cair em tentação. O contemplativo exclusivo não faz muitas coisas que deve fazer; mas, em compensação, também não faz uma infinidade de coisas que não deve fazer. Pascal observou que o somatório do mal diminuiria bastante se os homens apenas aprendessem a sentar-se quietos em seus quartos. O contemplativo cuja percepção foi purificada não tem de ficar em seu quarto. Pode cuidar de seus assuntos práticos, pois está tão satisfeito em ver e ser uma parte da divina Ordem das Coisas que jamais será sequer tentado a entregar-se ao que Traherne[21] chamou de "expedientes sórdidos do mundo". Quando nos sentimos como se fôssemos os únicos herdeiros do universo, quando "o mar corre em nossas veias [...] e os astros são nossos ornamentos", quando todas as coisas são percebidas como infinitas e santas, que motivo nos resta para a cobiça ou a autoafirmação, para a busca do poder ou das formas mais sombrias de prazer? Não é provável que o contemplativo se torne um frequentador de mesas de jogo, um cafetão ou um bêbado; em regra, ele não

---

21 Thomas Traherne (1636-1674) foi um poeta, clérigo, teólogo e escritor inglês. Nas linhas seguintes, Huxley cita trecho do livro *Centuries of Meditations*. (N. E.)

prega a intolerância nem faz a guerra; não considera necessário roubar, trapacear ou explorar os pobres. E a essas imensas virtudes negativas podemos acrescentar outra que, conquanto difícil de definir, é ao mesmo tempo positiva e importante. O *arhat* e o quietista podem até não praticar a contemplação em sua plenitude; porém, se a praticarem mesmo num grau mínimo, poderão nos trazer relatos esclarecedores sobre outra pátria, o território transcendente do espírito; e, se a praticarem em seu auge, tornar-se-ão condutos por meio dos quais uma influência benéfica poderá emanar daquela outra pátria para este mundo de seres obscurecidos, cronicamente moribundos pela sua ausência.

Enquanto isso, a pedido do pesquisador, eu me voltara do retrato de Cézanne para aquilo que estava acontecendo dentro da minha cabeça quando eu fechava os olhos. Desta vez, a paisagem interior mostrou-se curiosamente pobre. O campo de visão estava repleto de estruturas vivamente coloridas e sempre mutáveis, que pareciam feitas de plástico ou de estanho esmaltado.

"Vulgar", comentei. "Trivial. Como as coisas numa loja de 1,99." E toda essa banalidade existia dentro de um universo fechado e tacanho. "É como se eu estivesse no porão de um navio", eu disse. "Um navio de 1,99." E, à medida que olhava, ficou muito claro que esse navio de 1,99 estava ligado de algum modo às pretensões humanas, ao retrato de Cézanne, a A.B. entre as Dolomitas representando com exagero o papel de seu personagem de ficção favorito. Esse interior sufocante de um navio barato era o meu próprio eu pessoal; esses móbiles feitos de bugigangas de estanho e plástico eram as contribuições pessoais que eu tinha para dar ao universo. Senti que a lição era salutar, mas lamentei, mesmo assim, que tivesse de ser administrada naquele momento e daquela forma. Em regra, o usuário de mescalina descobre um mundo interior tão manifestamente objetivo, tão evidentemente "infinito e santo" quanto aquele mundo exterior transfigurado que eu vira de olhos abertos. Meu caso fora diferente desde o início. A mescalina me dotara temporariamente do poder de ver algumas coisas de olhos fechados, mas não fora capaz — ou, pelo menos, não o fizera naquela ocasião — de revelar uma paisagem interior minimamente comparável com minhas flores, minha cadeira ou minhas calças de flanela existentes "lá fora". O que ela me permitiu perceber dentro de mim não foi o Corpo do Darma em imagens, mas minha própria mente; não a Esseidade, mas um conjunto de símbolos — em outras palavras, um substituto prosaico da Esseidade.

A maioria dos visualizadores é transformada pela mescalina em visionários. Alguns deles — e talvez sejam mais numerosos do que em geral se supõe — não precisam ser transformados; são visionários permanentes. A espécie mental à qual Blake pertencia é bastante disseminada, mesmo nas sociedades urbano-industriais da época atual. A singularidade do poeta-artista não consiste no fato de (para citar seu *Catálogo descritivo*) ele ter efetivamente visto "aqueles originais maravilhosos chamados de Querubins na Sagrada Escritura"; não consiste no fato de que "esses originais maravilhosos surgidos em minhas visões tinham, alguns deles, trinta metros de altura [...] e todos continham um sentido mitológico e recôndito". Consiste unicamente em sua capacidade de representar, em palavras ou (com menor sucesso) em linhas e cores, pelo menos a insinuação de uma experiência que não é assim tão incomum. O visionário sem talento pode perceber uma realidade interior não menos tremenda, bela e significativa que o mundo contemplado por Blake, mas falta-lhe por completo a capacidade de expressar, em símbolos plásticos ou literários, aquilo que viu.

Os registros das religiões e os monumentos da poesia e das artes plásticas que chegaram a nós deixam claríssimo que, na maior parte dos tempos e lugares, os homens atribuíram mais importância à paisagem interior que aos entes objetivos, sentiram que o que viam de olhos fechados possuía um significado espiritual mais elevado que o que viam de olhos abertos. A razão? A familiaridade gera desprezo, e a questão da sobrevivência é um problema cuja urgência oscila entre o cronicamente tedioso e o torturante. O mundo exterior é aquele com que nos deparamos quando acordamos a cada manhã, é o lugar onde, queiramos ou não, devemos tentar ganhar a vida. No mundo interior não há nem trabalho nem monotonia. Visitamo-lo somente nos sonhos e devaneios, e sua estranheza é tal que nunca o encontramos idêntico em duas ocasiões sucessivas. Não é de se admirar, portanto, que os seres humanos em busca do divino tenham preferido, em geral, olhar para dentro! Em geral, mas nem sempre. Tanto em sua arte como em sua religião, os taoistas e os zen-budistas iam além das visões e contemplavam o Vazio, e através do Vazio contemplavam as "dez mil coisas" da realidade objetiva. Em razão da doutrina do Verbo feito carne, os cristãos deveriam ter sido capazes, desde o início, de adotar uma atitude semelhante diante do universo que os rodeava. Em virtude da doutrina da Queda, porém, isso afigurou-se-lhes muito difícil. Meros trezentos anos atrás, uma expressão de negação cabal ou mesmo de condenação do mundo ainda era ortodoxa e compreensível. "Nada, absolutamente nada na natureza deve nos maravilhar, exceto a Encarnação de Cristo." No século XVII, a frase de Lallemant[22] parecia fazer sentido. Hoje soa a loucura.

Na China, a ascensão da pintura de paisagens à categoria de arte clássica ocorreu há cerca de mil anos; no Japão, há seiscentos anos; na Europa, há trezentos anos. A identificação do Corpo do Darma com a cerca viva foi feita por aqueles mestres que aliavam o naturalismo taoista ao transcendentalismo budista. Portanto, foi só no Extremo Oriente que os pintores de paisagens viam consciente-

---

22 O francês Charles Lallemant (1587-1674) foi um dos jesuítas de maior destaque do seu tempo. Em famosa carta ao irmão, descreve suas impressões das missões cristãs na América do Norte. (N. E.)

mente a sua arte como uma manifestação religiosa. No Ocidente, a pintura religiosa limitava-se à representação de personagens sagrados, à ilustração de textos sacrossantos. Os pintores de paisagens consideravam-se secularistas. Hoje, reconhecemos em Seurat um dos mestres supremos do que podemos chamar de pintura de paisagens mística. Mas esse homem que, mais do que qualquer outro, era capaz de representar o Um na multiplicidade, indignou-se quando alguém elogiou a "poesia" em sua obra. Protestou: "Apenas aplico o Sistema". Em outras palavras, ele era apenas um pontilhista e, a seus olhos, nada mais. Conta-se uma historieta semelhante a respeito de John Constable. Certo dia, já próximo do fim da vida, Blake encontrou Constable em Hampstead e viu um dos esboços feitos pelo artista mais jovem. Apesar do seu desprezo pela arte naturalista, o velho visionário sabia reconhecer uma obra de qualidade quando a via — exceto, é claro, se fosse de autoria de Rubens. "Isto não é um desenho", exclamou, "é inspiração!" "Pois eu queria que fosse um desenho", foi a resposta característica de Constable. Ambos tinham razão. Era um desenho, preciso e veraz, e ao mesmo tempo era inspiração — inspiração de uma ordem pelo menos tão elevada quanto a de Blake. Os pinheiros da charneca tinham sido vistos como efetivamente idênticos ao Corpo do Darma. O esboço era uma representação, fatalmente imperfeita mas ainda assim impressionante, da revelação que uma percepção purificada fizera aos olhos abertos de um grande pintor. Afastando-se dessa contemplação do Corpo do Darma como cerca viva, na tradição de Wordsworth e Whitman, e das visões dos "originais maravilhosos" dentro da mente, à maneira de Blake, os poetas contemporâneos refugiaram-se numa investigação do subconsciente pessoal (na medida em que este se distingue do transpessoal) e numa representação altamente abstrata não do fato dado e objetivo, mas de meras noções científicas e teológicas. Algo semelhante aconteceu no ramo da pintura, em que testemunhamos o desaparecimento geral das paisagens, forma de arte predominante no século XIX. Esse abandono das paisagens não levou os pintores a refugiarem-se naquele outro Dado interior e divino de que se ocupava a maioria das escolas tradicionais do passado — naquele Mundo Arquetípico onde os homens sempre encontraram a matéria-prima do mito e da religião. Não; fugindo do Dado exterior, eles se recolheram no subconsciente pessoal, num mundo mental mais miserável e mais hermeticamente fechado que o próprio mundo da personalidade consciente. Essas bugigangas de estanho e plástico vivamente colorido — onde eu as vira antes? Em todas as galerias que exibem as mais recentes produções da arte não figurativa.

Então alguém trouxe uma vitrola e pôs um disco para tocar. Escutei com prazer, mas não senti nada comparável aos apocalipses visuais das flores ou da flanela. Será que um músico naturalmente talentoso captaria pelo ouvido as revelações que, para mim, haviam sido exclusivamente visuais? Seria interessante fazer a experiência. Entretanto, embora não se transfigurasse, embora conservasse sua qualidade e intensidade normais, a música contribuiu bastante para minha compreensão do que acontecera comigo e dos problemas mais amplos que esses acontecimentos haviam suscitado.

Por estranho que pareça, a música instrumental me deixou meio frio. O "Concerto para piano em dó menor" de Mozart foi interrompido após o primeiro movimento, e uma gravação de alguns madrigais de Gesualdo tomou-lhe o lugar.

"Essas vozes", comentei em tom de apreciação, "são uma espécie de ponte que reconduz ao mundo humano." E continuaram sendo uma ponte mesmo enquanto cantavam as composições mais espantosamente cromáticas do príncipe enlouquecido. Ao longo das frases desiguais do madrigal, a música seguia seu caminho sem manter jamais o tom por dois compassos consecutivos. Em Gesualdo, esse personagem fantástico saído de um melodrama de Webster, a desintegração psicológica havia exagerado, havia levado a seus limites extremos, uma tendência inerente à música modal, na medida em que esta se distingue da música plenamente tonal. As obras resultantes soavam como se pudessem ter sido compostas pelo Schoenberg tardio.

"Não obstante", senti-me obrigado a dizer enquanto ouvia aqueles estranhos produtos de uma psicose contrarreformista desenvolvendo uma forma de arte medieval tardia, "não importa que ele esteja todo aos pedaços. O todo é desorganizado. Mas cada fragmento individual está em ordem, é representativo de uma Ordem Superior. A Ordem Suprema prevalece até na desintegração. A totalidade está presente até nos fragmentos. Presente, talvez, de modo mais claro que numa obra completamente coerente. Pelo menos não somos seduzidos pela falsa sensação de segurança produzida por uma ordem meramente humana, meramente artificial. Temos de confiar na nossa percepção imediata da ordem máxima. Por isso, em certo sentido, a desintegração talvez tenha suas vantagens. Mas é claro que é perigosa, terrivelmente perigosa. Se por acaso não conseguirmos voltar, sair do caos..."

Dos madrigais de Gesualdo, demos um salto de três séculos até Alban Berg[23] e a "Suíte lírica". Anunciei de antemão: "Isto será o inferno".

Mas eu estava enganado. Na verdade, a música soava ligeiramente cômica. Arrancadas à força do fundo do subconsciente pessoal, agonias dodecafônicas sucediam-se umas às outras; mas o que me chamava a atenção era tão só a incongruência essencial entre uma desintegração psicológica ainda mais completa que a de Gesualdo e os prodigiosos recursos de talento e técnica empenhados em sua expressão.

"Como ele tem pena de si mesmo!", comentei com desdenhosa falta de compaixão. E depois: "*Katzenmusik, Katzenmusik* erudita".[24] E por fim, após mais alguns minutos de angústia: "Quem

---

23 Alban Berg (1885-1935), compositor austríaco de estilo dodecafônico com viés romântico. (N. E.)
24 A palavra alemã *Katzenmusik* (literalmente "música de gatos") é usada pejorativamente para se referir à música atonal. (N. E.)

se importa com o que ele sente? Por que ele não presta atenção em alguma outra coisa?". Como crítica de uma obra sabidamente notável, essas palavras eram injustas e insuficientes — mas não, segundo penso, descabidas. Cito-as porque, embora não saiba exatamente qual é o seu valor, foi assim que, num estado de pura contemplação, reagi à "Suíte lírica".

    Quando ela terminou, o pesquisador sugeriu um passeio no jardim. Eu estava disposto; e, embora meu corpo parecesse estar quase completamente dissociado da mente — ou melhor, embora minha consciência do mundo exterior transfigurado já não estivesse atrelada a uma consciência do meu organismo físico —, vi-me capaz de levantar, abrir a porta-balcão e sair sem um mínimo de hesitação. É claro que era estranho sentir que "eu" não era a mesma coisa que esses braços e pernas, esse tronco, esse pescoço e até essa cabeça completamente objetivos. Era estranho; mas a gente logo se acostuma. E, de qualquer modo, o corpo parecia perfeitamente capaz de cuidar de si próprio. Na realidade, ele cuida de si próprio o tempo inteiro. Tudo o que o ego consciente pode fazer é formular desejos, que são então executados por forças que ele controla muito pouco e não compreende em absoluto. Quando faz qualquer coisa a mais — quando se esforça demais, por exemplo, quando se preocupa, quando fica apreensivo quanto ao futuro —, ele diminui a eficácia dessas forças e pode até causar doenças no corpo desvitalizado. No estado em que me encontrava, a consciência não era chamada de ego; estava, por assim dizer, independente. Com isso, a inteligência fisiológica que controla o corpo também estava independente. Por alguns breves momentos, o neurótico invasivo que faz questão de comandar o espetáculo durante as horas de vigília havia felizmente saído de cena.

    Saí pela porta-balcão para uma espécie de pérgula coberta em parte por uma roseira e em parte por ripas de dois centímetros e meio de largura, separadas por espaços de um centímetro e meio.

O sol brilhava, e as sombras das ripas desenhavam um padrão zebrado no chão e sobre o assento e o encosto de uma cadeira de jardim, que se encontrava no final da pérgula. Aquela cadeira — jamais poderei esquecê-la? Onde as sombras se projetavam sobre o estofado de lona, faixas de um azul profundo mas fulgurante alternavam-se com listras de uma incandescência de brilho tão intenso que era difícil acreditar que fossem feitas de outra coisa que não de um fogo anil. Por um tempo que me pareceu imenso, permaneci olhando sem saber, e mesmo sem querer saber, diante do que eu estava. Em qualquer outra ocasião, eu teria visto uma cadeira coberta de faixas alternadas de sombra e luz. Naquele dia, a percepção engoliu o conceito. Eu estava a tal ponto absorto no ato de olhar, a tal ponto estarrecido pelo que efetivamente via, que não pude ter consciência de nada mais. Móveis de jardim, ripas, luz do sol, sombras — todos não passavam de nomes e noções, meras verbalizações pospostas ao fato para fins científicos ou utilitários. O fato puro e simples era essa sucessão de bocas de forno cerúleas separadas por abismos de insondáveis gencianas. Era inefavelmente maravilhoso, maravilhoso quase a ponto de ser terrível. E tive, de repente, um leve indício de como os loucos devem se sentir. A esquizofrenia não tem apenas os seus infernos e purgatórios, mas também os seus paraísos. Lembro-me do que um velho amigo, morto há muitos anos, me contou sobre sua esposa louca. Certo dia, nos estágios iniciais da doença, quando ela ainda era pontuada por intervalos de lucidez, ele falou com a mulher sobre os filhos do casal. Ela escutou um pouco e então o interrompeu. Como ele era capaz de perder tempo falando de duas crianças ausentes quando tudo o que realmente importava aqui e agora era a beleza indizível dos desenhos formados por seu paletó de *tweed* marrom toda vez que ele mexia os braços? Infelizmente, esse paraíso de percepção purificada, de pura contemplação exclusiva, durou pouco. Os lapsos de bem-aventurança se tornaram mais raros e mais breves até que, por fim, desapareceram; só restou o horror.

A maioria dos consumidores de mescalina só experimenta o lado paradisíaco da esquizofrenia. A droga conduz ao inferno e ao purgatório somente aqueles que sofreram recentemente de icterícia ou que padecem de depressão periódica ou ansiedade crônica. Se a mescalina fosse tóxica como as outras drogas de poder comparável ao seu, o simples fato de tomá-la seria suficiente para causar ansiedade. Mas a pessoa razoavelmente saudável sabe de antemão que, no que lhe diz respeito, a mescalina é completamente inócua, que seus efeitos passarão ao cabo de oito ou dez horas sem deixá-la de ressaca e sem, portanto, produzir nela a ânsia por uma nova dose. Fortalecida por esse conhecimento, ela embarca no experimento sem medo — em outras palavras, sem a disposição de converter uma experiência extra-humana estranha e sem precedentes em algo chocante, algo efetivamente diabólico.

Confrontado com uma cadeira que parecia o Juízo Final — ou melhor, com um Juízo Final em que, muito tempo depois e com considerável dificuldade, reconheci uma cadeira —, vi-me de súbito à beira do pânico. Senti de repente que aquilo, embora rumasse para uma beleza sempre mais intensa, um significado sempre mais profundo, estava indo longe demais. O medo, numa análise retrospectiva, era o de ser esmagado, de desintegrar-me sob a pressão de uma realidade maior do que a mente, acostumada a viver a maior parte do tempo no confortável mundo dos símbolos, poderia suportar. A literatura da experiência religiosa abunda em relatos das dores e terrores que assoberbam aqueles que se viram, de modo demasiado repentino, face a face com alguma manifestação do *mysterium tremendum*. Em linguagem teológica, esse medo é devido à incompatibilidade entre o egoísmo do homem e a pureza divina, entre a separatividade em que o ser humano se enclausura e a infinitude de Deus. Seguindo Boehme[25] e William Law, podemos dizer que a Luz

---

25 Jacob Boehme (1575-1624), filósofo e místico alemão. (N. E.)

divina em todo o seu fulgor só pode ser apreendida pelas almas não regeneradas como um fogo abrasador e purgatorial. Doutrina quase idêntica encontra-se no *Livro tibetano dos mortos*, onde se relata que a alma do falecido recua em agonia diante da Pura Luz do Vazio e mesmo diante das Luzes menores, mais moderadas, refugiando-se a toda pressa na confortável escuridão da individualidade e renascendo como um ser humano, ou mesmo como um animal, um espírito faminto, um cidadão do inferno. Qualquer coisa é preferível ao brilho abrasador da Realidade sem limites — qualquer coisa!

O esquizofrênico, além de ser uma alma não regenerada, é também desesperadamente doente. Sua doença consiste na incapacidade de se refugiar da realidade interior e exterior (como faz habitualmente a pessoa sã) no universo prosaico do senso comum — no mundo estritamente humano das noções úteis, dos símbolos compartilhados e das convenções socialmente aceitas. O esquizofrênico é comparável a um homem sob a influência permanente da mescalina, sendo portanto incapaz de isolar-se da experiência de uma realidade com a qual ele não é santo o suficiente para conviver e cuja existência, sendo ela o mais obstinado de todos os fatos primários, ele não é capaz de negar; uma realidade que, pelo fato de nunca lhe permitir ver o mundo com olhos meramente humanos, leva-o, pelo medo, a interpretar a sua insistente estranheza e a intensidade abrasadora de seu significado como manifestações de uma malevolência humana ou mesmo cósmica, malevolência essa que suscita reações desesperadas, desde a violência homicida, num extremo do espectro, até a catatonia, ou o suicídio psicológico, no outro. E, uma vez encetado esse caminho descendente, infernal, a pessoa é incapaz de parar. Naquele momento, isso era mais que evidente.

"Se a pessoa tomasse o caminho errado no começo", eu disse, respondendo às perguntas do pesquisador, "tudo o mais que acontecesse seria prova da conspiração contra ela. Cada coisa confirmaria as outras. A pessoa não seria capaz sequer de respirar sem saber que isso também faz parte da trama."

"Então você acha que sabe qual é a raiz da loucura?"

Minha resposta foi um "sim" convicto e sincero.

"E você não poderia controlar o processo?"

"Não poderia. Se tomasse o medo e o ódio como premissas maiores, teria necessariamente de proceder até a conclusão."

"Você seria capaz", perguntou-me minha esposa, "de concentrar sua atenção naquilo que o *Livro tibetano dos mortos* chama de Clara Luz?"

Tive minhas dúvidas.

"Se você conseguisse manter a concentração, isso afastaria o mal? Ou você não conseguiria mantê-la?"

Pensei um pouco na pergunta.

"Talvez", respondi por fim. "Talvez conseguisse, mas somente se houvesse alguém que me lembrasse da Clara Luz. Não conseguiria fazê-lo sozinho. É este, suponho, o objetivo do ritual tibetano: ter alguém sentado ao lado que lhe diga o tempo todo o que é o quê."

Depois de ouvir a gravação dessa parte do experimento, tomei meu exemplar da edição de Evans-Wentz do *Livro tibetano dos mortos* e abri-o ao acaso. "Ó alma de nobre origem, que tua mente não se perturbe." Era este o problema — não se deixar perturbar. Não se deixar perturbar pela lembrança dos pecados passados, por prazeres imaginados, pelo gosto amargo de antigas injustiças e humilhações, por todos os medos, ódios e desejos que eclipsam habitualmente a Luz. Não poderiam os modernos psiquiatras fazer pelos loucos o que aqueles monges budistas faziam pelos moribundos e mortos? Que haja uma voz que lhes assegure, de dia e mesmo durante o sono, que, apesar de todo o terror, perplexidade e confusão, a realidade última permanece inabalavelmente igual a si mesma e sua substância é idêntica à da luz interior de todas as mentes, mesmo das mais atormentadas. Por meio de aparelhos como gravadores de voz, temporizadores e sistemas de alto-falantes, inclusive sob os travesseiros, deve ser bem fácil manter os internos de qualquer instituição, mesmo das que não contam com funcionários suficientes, constantemente conscientes desse fato primordial. Pode ser que, desse modo, algumas das almas perdidas sejam ajudadas a adquirir alguma medida de controle sobre o universo — ao mesmo tempo belo e assustador, mas sempre extra-humano, sempre totalmente incompreensível — em que se encontram condenadas a viver.

Em boa hora minha atenção se desviou dos inquietantes esplendores da cadeira de jardim. Descaindo da cerca viva em parábolas verdes, as folhagens de hera refulgiam com uma espécie de brilho vítreo, semelhante ao jade. Não demorou um instante para que uma touceira de lírios-tocha, em plena floração, explodisse em meu campo de visão. As flores, tão apaixonadamente vivas que pareciam querer falar, esforçavam-se para alcançar o azul. Como a cadeira sob as ripas, era muito o que elas protegiam. Olhei para baixo, para as folhas, e descobri um cavernoso labirinto de delicadíssimas luzes e sombras verdes, pulsando com um mistério indecifrável.

Rosas: As flores são fáceis de pintar; As folhas, difíceis.

O haicai de Shiki[26] (que cito na tradução de R. H. Blyth[27]) expressa, de modo oblíquo, exatamente o que então senti — a glória excessiva, demasiado óbvia, das flores, contrastando com o milagre mais sutil de sua folhagem.

Saímos para a rua. Um grande automóvel azul-claro estava estacionado junto ao meio-fio. Ao vê-lo, fui subitamente tomado de riso. Que autocomplacência, que absurda autossatisfação irradiava

---

26 Masaoka Shiki (1867-1902), cujo nome verdadeiro era Masaoka Tsunenori, foi um poeta, crítico literário e jornalista japonês que revitalizou o haiku. (N. E.)
27 Roses: The flowers are easy to paint, The leaves difficult. (N. T.)

daquelas gordas superfícies do mais brilhante esmalte! O homem havia criado o objeto à sua própria imagem — ou, antes, à imagem do seu personagem de ficção favorito. Gargalhei até escorrerem-me lágrimas dos olhos.

Tornamos a entrar em casa. Uma refeição fora preparada. Alguém, que ainda não era idêntico a mim mesmo, devorou-a com sôfrego apetite. Bem de longe, sem muito interesse, eu apenas olhava.

Ingerida a refeição, entramos no carro e partimos para um passeio. Os efeitos da mescalina já estavam declinando, mas as flores nos jardins ainda tremeluziam nos limites da sobrenaturalidade, as aroeiras-salsos e alfarrobeiras ao longo das ruas laterais ainda pertenciam claramente a algum bosque sagrado. Ao Éden sucedia-se Dodona; a Yggdrasil sucedia-se a Rosa Mística. Então, abruptamente, vimo-nos numa intersecção, esperando para cruzar o Sunset Boulevard. Diante de nós, os carros deslizavam numa corrente ininterrupta — aos milhares, todos reluzentes e luminosos como num sonho de marketing e cada qual mais ridículo que o anterior. Tive convulsões de riso mais uma vez. O Mar Vermelho do trânsito abriu-se por fim e atravessamo-lo rumo a outro oásis de árvores e gramados e rosas. Em poucos minutos havíamos subido a um mirante nas colinas, e a cidade estendia-se aos nossos pés. Com certa decepção, constatei que ela se parecia muito com a cidade que eu vira em outras ocasiões. A transfiguração era, para mim, proporcional à distância: quanto mais próximo, mais divinamente outro. Aquele vasto panorama fumacento era pouquíssimo diferente de si mesmo.

Seguimos em frente. Enquanto permanecemos nas colinas, com vistas distantes sucedendo-se umas às outras, o grau de significância manteve-se em seu nível cotidiano, bem abaixo do ponto de transfiguração. A magia só voltou a operar quando, descendo, fizemos uma curva, entramos num novo subúrbio e vimo-nos flutuando entre duas fileiras de casas. Ali, apesar da arquitetura particularmente hedionda, houve renovações da alteridade transcendente, insinuações do paraíso da manhã. Chaminés de tijolo e telhados verdes sobrepostos luziam ao sol como fragmentos da Nova Jerusalém. E, de repente, vi exatamente o que Guardi[28] havia visto e (com rematada e incomparável habilidade) tantas vezes representado em suas pinturas — uma parede caiada sobre a qual projetava-se uma sombra oblíqua, pálida mas inesquecivelmente bela, vazia mas imbuída de todo o sentido e o mistério da existência. A revelação sobreveio e se foi numa fração de segundo. O carro avançara; o tempo descobrira ainda outra manifestação da eterna Esseidade. "Dentro da igualdade, há diferença. Mas que a diferença seja diferente da igualdade não é, de modo algum, a intenção de todos os Budas. Sua intenção é tanto a totalidade quanto a diferenciação." Esse canteiro de gerânios alvirrubros, por exemplo — era totalmente diferente da parede caiada a cem metros na mesma rua, mas a "qualidade de ser" de ambos era idêntica, a qualidade eterna de sua transitoriedade era exatamente a mesma.

Uma hora e dezesseis quilômetros depois, tendo deixado para trás a Maior Loja de Departamentos do Mundo, estávamos de volta em casa e eu havia retornado àquele estado seguro mas profundamente insatisfatório chamado de "perfeito juízo". Parece muito improvável que a humanidade em geral seja capaz de dispensar um dia os Paraísos Artificiais. A vida da maioria dos homens e mulheres é, na pior das hipóteses, tão dolorosa, e, na melhor, tão monótona, pobre e limitada, que a vontade de escapar, o anseio de transcender a si mesmo, por poucos momentos que seja, é e sempre foi um dos principais apetites da alma. A arte e a religião, o carnaval e as saturnais, a dança e a oratória — todas essas coisas foram usadas, na expressão de H. G. Wells, como "portas na muralha".[29] E, para o uso

---

28 Francesco Lazzaro Guardi (1712-1793) foi um paisagista veneziano, expoente do Rococó. (N. E.)
29 H. G. Wells (1866-1946) foi um escritor britânico. Huxley se refere ao conto "The door in the wall". (N. E.)

privado e cotidiano, sempre houve os entorpecentes químicos. Todos os sedativos e narcóticos vegetais, as substâncias estimulantes que crescem em árvores, os alucinógenos que amadurecem em frutos ou podem ser extraídos de raízes — todos, sem exceção, foram conhecidos e sistematicamente usados pelos seres humanos desde tempos imemoriais. E a esses modificadores naturais da consciência a ciência moderna acrescentou a sua cota de modificadores sintéticos — o cloral, por exemplo, a benzedrina, os brometos e os barbitúricos.

A maioria desses modificadores da consciência, hoje em dia, só pode ser consumida sob prescrição médica ou, senão, ilegal e perigosamente. Para o uso geral, o Ocidente só liberou o álcool e o tabaco. Todas as outras "portas químicas na muralha" são rotuladas de entorpecentes, e os que as tomam sem autorização são criminosos.

Hoje, gastamos bem mais com bebida e fumo do que gastamos com educação. É claro que isso não surpreende. O anseio de escapar da individualidade e do ambiente está presente de modo quase permanente em praticamente todas as pessoas. O anseio de fazer algo pelos jovens é forte somente nos pais, e apenas naqueles poucos anos em que seus filhos vão à escola. Tampouco surpreende a atitude atual com relação à bebida e ao fumo. Apesar do número cada vez maior de alcoólatras incuráveis, apesar das centenas de milhares de pessoas anualmente mortas ou feridas por motoristas bêbados, comediantes ainda fazem piadas sobre o álcool e seus dependentes. E, apesar dos dados que associam o cigarro ao câncer de pulmão, praticamente todo o mundo vê o consumo de tabaco como algo quase tão normal e natural quanto a alimentação. Do ponto de vista do racionalista utilitarista, isso talvez pareça estranho. Para o historiador, é exatamente o que se havia de esperar. A firme convicção da realidade material do inferno nunca impediu os cristãos medievais de fazerem o que sua ambição, luxúria ou cobiça lhes sugeriam. O câncer de pulmão, os acidentes de trânsito e os milhões de alcoólatras que vivem na infelicidade e tornam os outros infelizes são fatos ainda mais indiscutíveis do que o inferno na época de Dante. Mas esses elementos são todos remotos e etéreos diante do fato próximo e sensível do anseio de liberdade ou sedação, de uma bebida ou um cigarro, aqui e agora.

Esta é a era do automóvel e da explosão populacional, entre outras coisas. O álcool é incompatível com a segurança nas estradas, e sua produção, como a do tabaco, condena à virtual esterilidade milhões de hectares de solo fértil. Desnecessário dizer que os problemas suscitados pelo álcool e pelo tabaco não podem ser resolvidos pela proibição. O anseio universal e permanente de autotranscendência não será abolido caso sejam fechadas à força as populares "portas na muralha". A única política razoável consiste em abrir outras portas, portas melhores, na esperança de induzir os homens e mulheres a trocarem seus velhos maus hábitos por hábitos novos e menos prejudiciais. Algumas dessas portas novas e melhores serão de natureza social e tecnológica; outras serão religiosas ou psicológicas; outras ainda, dietéticas, educacionais, atléticas. Mas não há dúvida de que continuará existindo a necessidade de frequentes férias químicas que nos afastem da individualidade intolerável e de um ambiente repulsivo. O que precisamos é de uma nova droga que alivie e console nossa espécie sofredora sem causar mais dano em longo prazo do que causa benefício de imediato. Essa droga deve ser sintetizável e potente em pequenas doses. Se não tiver essas qualidades, sua produção, como a do vinho, da cerveja, das bebidas destiladas e do tabaco, prejudicará o plantio de indispensáveis alimentos e fibras. Ela deve ser menos tóxica que o ópio ou a cocaína, deve produzir menos consequências sociais indesejáveis que o álcool e os barbitúricos, deve ser menos hostil ao coração e aos pulmões que o alcatrão e a nicotina do cigarro. Pelo lado positivo, as mudanças de consciência por ela induzidas devem ser mais interessantes, mais intrinsecamente significativas que a mera sedação ou devaneio, que os delírios de onipotência ou a perda da inibição. Para a maioria das pessoas, a mescalina é quase completamente inócua. Ao contrário do álcool, ela não induz em seu consumidor aquele tipo de ação descontrolada que resulta em brigas, crimes violentos e acidentes de trânsito. O homem sob a influência da mescalina cuida, tranquilo, somente daquilo que lhe diz respeito. Ademais, aquilo de que ele cuida é uma experiência das mais esclarecedoras, que não cobra o preço (e isto é muito importante) de uma ressaca compensatória. É muito pouco o que sabemos sobre as consequências em longo prazo do consumo regular de mescalina. Os índios que consomem botões de peiote não parecem ser física ou moralmente degradados por esse hábito. Entretanto, os dados disponíveis ainda são escassos e nada conclusivos. Embora seja evidentemente superior à cocaína, ao ópio, ao álcool e ao tabaco, a mescalina ainda não é a droga ideal. Ao lado da feliz maioria de consumidores transfigurados, há uma minoria que só encontra na mescalina o inferno ou o purgatório. Além disso, para uma droga que, como o álcool, deve ser apta ao consumo geral, seus efeitos se prolongam por tempo demais. A química e a fisiologia atuais, no entanto, são capazes de praticamente qualquer coisa. Se os psicólogos e sociólogos definirem o ideal, poderemos confiar aos neurologistas e farmacologistas a tarefa de descobrir os meios para atingi-lo ou, no mínimo (pois é possível que esse ideal, pela própria natureza das coisas, não possa jamais se realizar plenamente), para nos aproximarmos dele muito mais do que foi possível em nosso passado afogado em vinho e em nosso presente mergulhado em uísque, maconha e barbitúricos.

 O anseio de transcender a individualidade autoconsciente é, como eu disse, um dos principais apetites da alma. Quando, por um motivo ou outro, os homens e mulheres não conseguem transcender-se por meio do culto religioso, das boas obras e dos exercícios espirituais, eles tendem a recorrer aos substitutos químicos da religião — o álcool e as "bolinhas" no Ocidente moderno, o álcool e o ópio no Oriente, o haxixe no mundo muçulmano, o álcool e a maconha na

América Central, o álcool e a coca nos Andes, o álcool e os barbitúricos nas regiões mais modernizadas da América do Sul. Em *Poisons sacrés, ivresses divines* [Venenos sagrados, embriaguezes divinas], Philippe de Félice traçou um histórico extenso e ricamente documentado da conexão imemorial entre a religião e o consumo de drogas. Aqui estão suas conclusões, resumidas ou citadas diretamente. O emprego de substâncias tóxicas para fins religiosos é "extraordinariamente disseminado. [...] As práticas estudadas neste volume podem ser observadas em todas as regiões da Terra, não menos entre os povos primitivos que entre aqueles que desenvolveram um alto nível de civilização. Não estamos, portanto, lidando com fatos excepcionais que pudessem talvez passar em branco, mas com um fenômeno geral e humano no sentido mais amplo da palavra, um fenômeno que não pode ser desconsiderado por qualquer pessoa que esteja tentando descobrir o que é a religião e quais são as necessidades profundas que ela deve satisfazer".

Idealmente, todos deveriam ter a possibilidade de encontrar a autotranscendência em alguma forma de religião pura ou aplicada. Na prática, parece extremamente improvável que essa esperada consumação venha a realizar-se. Sempre houve, e sem dúvida sempre haverá, bons homens e mulheres de igreja para quem, infelizmente, a piedade não é o bastante. O saudoso G. K. Chesterton,[30] que escreveu com igual lirismo sobre a devoção e sobre o álcool, serve-lhes de eloquente porta-voz.

As igrejas modernas, com algumas exceções entre as denominações protestantes, toleram o álcool; mas nem as mais tolerantes fizeram alguma tentativa de converter essa droga ao cristianismo ou de sacramentar o seu uso. O bebedor piedoso é obrigado a levar a religião num compartimento e o substituto da religião em outro.

---

30 Escritor e filósofo inglês, G. K. Chesterton foi igualmente defensor da fé cristã (e realizou feitos notáveis como conciliar a Bíblia e a ciência) e um grande beberrão. (N. E.)

E talvez isso seja inevitável. A bebida não pode ser sacramentada, exceto pelas religiões que não insistem no recato. O culto de Dioniso ou do deus celta da cerveja era ruidoso e tumultuado. Os ritos cristãos são incompatíveis até mesmo com a embriaguez religiosa. Isso não faz mal algum às destilarias, mas é péssimo para o cristianismo. Um número incontável de pessoas deseja a autotranscendência e adoraria encontrá-la na Igreja. Mas, ai de nós, "as ovelhas famintas erguem os olhos e não são alimentadas". Elas participam dos ritos, ouvem sermões, recitam orações, mas sua sede não é aplacada. Decepcionadas, procuram a garrafa. Pelo menos por algum tempo e de certo modo, isso funciona. Elas continuam frequentando a igreja, mas esta já é apenas o Banco Musical da Erewhon de Butler.[31] Ainda reconhecem, talvez, a existência de Deus; mas Ele só é Deus no nível verbal, num sentido rigorosamente pickwickiano. Seu objeto real de adoração é a bebida e sua única experiência religiosa é aquele estado de euforia desinibida e beligerante que se segue à ingestão do terceiro coquetel.

Vemos, portanto, que o cristianismo e o álcool não se misturam e não podem se misturar. O cristianismo e a mescalina parecem ser muito mais compatíveis. Isso foi demonstrado por muitas tribos de índios, desde o Texas até o setentrional Wisconsin. Entre essas tribos encontram-se grupos afiliados à Igreja Nativo-Americana, seita cujo rito principal é uma espécie de ágape primitivo, um banquete do amor cristão no qual fatias de peiote tomam o lugar do pão e do vinho sacramentais. Esses aborígines americanos veem o cacto como o dom especial de Deus aos índios e identificam seus efeitos com as operações do Espírito Divino.

O professor J. S. Slotkin, um dos pouquíssimos brancos que já participaram dos ritos de uma congregação peiotista, diz que seus

---

31 Em *Erewhon*, romance escrito pelo inglês Samuel Butler (1835-1902), o Banco Musical é uma sátira à Igreja institucionalizada. (N. T.)

companheiros de culto "não se encontram, de modo algum, estupidificados ou bêbados [...] Não saem do ritmo nem embolam as palavras, como faria um homem bêbado ou estupidificado [...] Permanecem todos tranquilos e corteses e manifestam consideração uns pelos outros. Nunca estive numa casa de adoração do homem branco onde houvesse tanto decoro ou emoção religiosa". E o que, podemos perguntar, esses peiotistas devotos e bem-comportados estão sentindo? Certamente não é aquele brando sentimento de virtude que sustenta o frequentador habitual da igreja aos domingos ao longo de noventa minutos de tédio; não são nem mesmo aqueles sentimentos elevados, inspirados pela ideia do Criador e do Redentor, do Juiz e do Consolador, que animam os piedosos. Para esses índios, a experiência religiosa é algo muito mais direto e luminoso, mais espontâneo, não um produto artificial da mente superficial e individual. Às vezes (segundo os relatos coligidos pelo dr. Slotkin) eles têm visões, que podem ser do próprio Cristo. Às vezes ouvem a voz do Grande Espírito. Às vezes se tornam conscientes da presença de Deus e daquelas deficiências pessoais que devem ser corrigidas para que possam fazer Sua vontade. As consequências práticas dessa abertura química das portas que levam ao Outro Mundo parecem ser exclusivamente boas. O dr. Slotkin relata que os peiotistas habituais são, no conjunto, mais diligentes, mais temperantes (muitos se abstêm completamente do álcool) e mais pacíficos que os não peiotistas. Uma árvore de frutos tão bons não pode ser condenada desde logo como má.

    Sacramentando o uso do peiote, os índios da Igreja Nativo-Americana tomaram uma atitude ao mesmo tempo psicologicamente sã e historicamente respeitável. Nos primeiros séculos do cristianismo, muitos ritos e festivais pagãos foram, por assim dizer, "batizados" e postos a serviço da Igreja. Essas comemorações não eram particularmente edificantes, mas aplacavam uma certa fome psicológica, e os primeiros missionários, longe de tentar suprimi-las, tiveram o bom senso de aceitá-las tais como eram — expressões de impulsos fundamentais, que satisfaziam a alma — e incorporá-las na tessitura da nova religião. O que os índios norte-americanos fizeram é essencialmente semelhante. Pegaram um costume pagão (um costume, aliás, muito mais elevado e esclarecido que a maioria das orgias e cerimônias brutais provenientes do paganismo europeu) e deram-lhe um significado cristão.

Introduzidos apenas recentemente no norte dos Estados Unidos, o consumo de peiote e a religião nele baseada se tornaram importantes símbolos do direito da raça vermelha à sua independência espiritual. Alguns índios responderam à supremacia branca tornando-se americanizados; outros recuaram ao indigenismo tradicional. Mas alguns tentaram juntar o melhor dos dois mundos ou, com efeito, de todos os mundos — o melhor do indigenismo, o melhor do cristianismo e o melhor dos Outros Mundos da experiência transcendental, onde a alma sabe que é incondicionada e partilha da mesma natureza da divindade. Daí surgiu a Igreja Nativo-Americana. Nela, dois grandes apetites da alma — o impulso de independência e autodeterminação e o impulso de autotranscendência — se fundiram com um terceiro e foram interpretados à luz dele — o impulso de adorar, de justificar para o homem os caminhos de Deus, de explicar o universo por meio de uma teologia coerente.

Pobre índio, cuja alma pouco sagaz
O cobre na frente e o descobre por trás.[32]

---

[32] No original: "*Lo, the poor Indian, whose untutored mind/ Clothes him in front, but leaves him bare behind*", a partir de poema "An essay on man", do poeta inglês Alexander Pope (1688-1744). O segundo verso é uma paródia do original: "*Sees God in clouds, or hears Him in the wind*". (N. E.)

Mas na verdade somos nós, os brancos ricos e altamente instruídos, que estamos com os traseiros descobertos. Cobrimos nossa nudez anterior com alguma filosofia — cristã, marxista, freudiana-fisicalista —, mas mesmo assim permanecemos descobertos, à mercê de todos os ventos das circunstâncias. O pobre índio, por outro lado, teve a argúcia de proteger sua retaguarda, suplementando a folha de figueira da teologia com a tanga da experiência transcendental.

Não sou tolo a ponto de identificar o que ocorre sob a influência da mescalina ou de qualquer outra droga, preparada ou preparável no futuro, com a realização do fim e do objetivo último da vida humana: a Iluminação, a Visão Beatífica. Afirmo apenas que a experiência da mescalina é o que os teólogos católicos chamam de uma "graça gratuita", não necessária para a salvação, mas potencialmente útil e que se deve aceitar com gratidão quando é concedida. Ser arrancado das rotinas da percepção ordinária, contemplar por algumas horas eternas os mundos exterior e interior, não como aparecem para um animal obcecado pela sobrevivência ou para um ser humano obcecado por palavras e noções, mas tais como são apreendidos, direta e incondicionalmente, pela Mente Integrada é uma experiência de valor inestimável para todos, e especialmente para o intelectual. Pois o intelectual é, por definição, aquele homem para quem, no dizer de Goethe, "a palavra é essencialmente frutífera". É o homem que sente que "o que percebemos pelos olhos é estranho a nós como tal e não deve nos impressionar profundamente". E embora ele próprio fosse um intelectual e um dos mestres supremos da linguagem, Goethe nem sempre concordou com essa sua avaliação da palavra. Na meia-idade, escreveu: "Falamos demais. Devemos falar menos e desenhar mais. Pessoalmente, gostaria de renunciar por completo à fala e, como a natureza orgânica, comunicar por desenhos tudo o que tenho a dizer. Aquela figueira, essa pequena serpente, o casulo em minha janela que aguarda silencioso o seu futuro — todos são assinaturas tremendas. A pessoa capaz de decifrar corretamente o seu sentido logo seria capaz de dispensar por completo a palavra escrita ou falada. Quanto mais penso no assunto, mais me parece haver na fala algo de fútil, de medíocre, mesmo (sinto-me tentado a dizer) de vaidoso e afetado. Já a gravidade e o silêncio da natureza — como eles nos assombram quando com ela nos deparamos face a face, sem distrações, diante de uma serrania deserta ou na desolação das antigas colinas". Não poderemos jamais dispensar a linguagem e os outros sistemas de símbolos, pois foi por meio deles, e deles somente, que nos elevamos acima dos animais, ao nível de seres humanos. Mas é fácil nos tornarmos não somente beneficiários como também vítimas desses sistemas. Temos de saber lidar de maneira eficaz com as palavras, mas ao mesmo tempo temos de preservar e, se necessário, intensificar nossa capacidade de ver o mundo diretamente e não através da lente semiopaca dos conceitos, que distorce cada fato dado e lhe empresta a aparência demasiado familiar de um rótulo genérico ou de uma abstração explicativa.

Literária ou científica, liberal ou especializada, toda a nossa educação é predominantemente verbal e, portanto, não atinge os resultados pretendidos. Em vez de transformar crianças em adultos plenamente desenvolvidos, ela produz estudiosos das ciências naturais a quem falta a mínima consciência da natureza como fato fundamental da experiência; impinge ao mundo estudiosos das humanidades que nada sabem da humanidade, seja a sua, seja a dos outros.

Os psicólogos da Gestalt, como Samuel Renshaw, arquitetaram métodos para ampliar o âmbito e aumentar a acuidade das percepções humanas. Mas acaso os nossos educadores os aplicam? A resposta é "não".

Os mestres de todas as habilidades psicofísicas, da visão ao tênis, do equilibrismo à oração, descobriram por tentativa e erro as condições ideais para o melhor desempenho dentro de seus campos especializados. Mas acaso alguma das grandes Fundações financiou um projeto para coordenar essas descobertas numa teoria e prática geral da criatividade? Mais uma vez, tanto quanto sei, a resposta é "não".

Charlatães e chefes de seita de toda espécie ensinam técnicas para promover a saúde, o contentamento, a paz de espírito; e, para muitos de seus ouvintes, essas técnicas são comprovadamente eficazes. Mas acaso vemos psicólogos, filósofos e clérigos respeitáveis descerem corajosamente a esses poços peculiares, às vezes malcheirosos, no fundo dos quais a pobre Verdade é amiúde condenada a sentar-se? Mais uma vez, a resposta é "não".

E examinemos agora a história das pesquisas sobre a mescalina. Há setenta anos, homens extremamente capacitados descreveram as experiências transcendentais que sobrevêm àqueles que, em bom estado de saúde, em condições apropriadas e com a mentalidade correta, consomem a droga. Quantos filósofos, quantos teólogos, quantos educadores profissionais tiveram a curiosidade de abrir essa "porta na muralha"? Para todos os efeitos, a resposta é "nenhum".

Num mundo onde a educação é predominantemente verbal, é praticamente impossível às pessoas mais instruídas prestar atenção a qualquer coisa que não sejam palavras e noções. Novas teses de doutorado são sempre publicadas e sempre existe financiamento para pesquisas doutas e insensatas sobre aquele problema que, para os acadêmicos, é o mais importante de todos: quem, quando, induziu quem a dizer o quê? Mesmo nesta era tecnológica, as humanidades verbais são apreciadas. As humanidades não verbais, a arte de tomar consciência direta dos fatos dados da nossa existência, são quase completamente ignoradas. Um catálogo, uma bibliografia, a edição definitiva das *ipsissima verba* de um poeta de terceira linha, um índice estupendo que ponha fim a todos os demais índices — qualquer projeto genuinamente alexandrino será aprovado e receberá apoio financeiro. Mas quando se trata de descobrir o que eu, você, nossos filhos e nossos netos podemos fazer para nos tornar mais perceptivos, mais conscientes das realidades interna e externa, mais abertos ao Espírito, menos tendentes a sofrer de doenças físicas causadas por maus hábitos psicológicos e mais capazes de controlar nosso sistema nervoso autônomo — quando se trata de qualquer forma de educação não verbal mais fundamental (e provavelmente mais passível de uso prático) que a ginástica sueca —, nenhum respeitável membro de nenhuma respeitável universidade ou Igreja se dispõe a agir. Os verbalistas desconfiam do não verbal; os racionalistas temem o fato dado, não racional; os intelectuais sentem que "o que percebemos pelos olhos (ou por qualquer outra via) é estranho a nós como tal e não deve nos impressionar profundamente". Além disso, a instrução nas humanidades não verbais não se enquadra em nenhuma categoria estabelecida. Não é religião, não é neurologia, não é ginástica, não é educação moral e cívica, não é nem mesmo psicologia experimental. Portanto, em tudo o que se refere aos mundos acadêmico e eclesiástico, para todos os efeitos essa disciplina não existe e pode ser simplesmente ignorada ou, com um sorriso de condescendente desdém, deixada a cargo daqueles que os fariseus da ortodoxia verbal chamam de excêntricos, impostores, charlatães e amadores desqualificados.

"Sempre constatei", escreveu Blake com certa amargura, "que os anjos têm a vaidade de proclamarem-se os únicos sábios. Fazem isso com uma confiança insolente que brota do raciocínio sistemático." O raciocínio sistemático é algo sem o qual não podemos viver, quer como espécie, quer como indivíduos. Mas, para permanecermos sãos, também não podemos viver sem a percepção direta — e, quanto menos sistemática, melhor — dos mundos, interior e exterior, nos quais nascemos. Essa realidade dada é um infinito que ultrapassa todo o entendimento e, não obstante, pode ser apreendido de modo direto e, de certa maneira, total. É uma transcendência pertencente a uma ordem extra-humana que, no entanto, pode apresentar-se para nós como uma imanência sentida, uma participação vivenciada. Ser iluminado é ser consciente, sempre, da realidade total em sua alteridade imanente — ser consciente dela e mesmo assim permanecer em condições de sobreviver como um animal, de pensar e sentir como um ser humano, de recorrer ao raciocínio sistemático sempre que isso for útil ou necessário. Nosso objetivo é descobrir que sempre estivemos onde deveríamos estar. Tornamos por demais difícil, infelizmente, essa tarefa. Enquanto isso, todavia, graças gratuitas podem nos sobrevir sob a forma de realizações fugazes e parciais. Num sistema educacional mais realista e menos exclusivamente verbal que o nosso, a todo anjo (no sentido que Blake deu ao termo) seria permitido fazer — e, se necessário, ele seria instado ou mesmo obrigado a tanto —, à guisa de deleite sabático, uma viagem ocasional através de alguma "porta química na muralha" e penetrar no mundo da experiência transcendental. Se isso o assustasse, azar; provavelmente lhe seria salutar mesmo assim. Se lhe desse uma iluminação breve mas atemporal, tanto melhor. Num caso como no outro, o anjo poderia perder um pouco da confiante insolência que brota do raciocínio sistemático e da certeza de ter lido todos os livros.

Perto do fim da vida, Tomás de Aquino experimentou a Contemplação Infusa e, depois disso, recusou-se a voltar a trabalhar em seu livro inacabado. Em comparação com o que experimentara, tudo quanto havia lido e escrito e sobre o qual havia argumentado — Aristóteles e as Sentenças, as Questões, as Proposições, as majestosas Sumas — não passava de feno ou palha. Para a maioria dos intelectuais, essa greve geral seria desaconselhável, até moralmente errada. Mas o Doutor Angélico havia praticado mais o raciocínio sistemático do que doze anjos comuns e já estava maduro para a morte. Conquistara, naqueles últimos meses de sua mortalidade, o direito de afastar-se da palha e do feno meramente simbólicos e de comer o pão do Fato real e substancial. Os anjos de ordem inferior e com melhores perspectivas de longevidade devem fatalmente voltar à palha. Mas o homem que torna a entrar pela "porta na muralha" nunca será exatamente igual àquele que por ela saiu. Será mais sábio, mas menos presunçoso; mais feliz, mas menos autocomplacente; mais humilde no reconhecimento de sua ignorância, mas também mais bem equipado para compreender a relação entre as palavras e as coisas, entre o raciocínio sistemático e o Mistério insondável que, sempre em vão, ele tenta compreender.

Céu e inferno

tradução
Thiago Blumenthal

PREFÁCIO

Este pequeno livro é uma sequência de um ensaio sobre a experiência com a mescalina, publicado há dois anos[1] sob o título de *As portas da percepção*. Para uma pessoa em quem "a vela da visão" nunca queima espontaneamente, a experiência com a mescalina é sem dúvida iluminadora. Joga luz sobre as até então desconhecidas regiões de sua própria mente; e ao mesmo tempo joga luz, indiretamente, sobre outras mentes, mais privilegiadas do que a sua no que diz respeito à visão. Ao refletir sobre essas experiências, essa pessoa pode chegar a uma nova e melhor compreensão das maneiras pelas quais outras mentes percebem, sentem e pensam, das noções cosmológicas que lhes parecem autoevidentes e das obras de arte às quais se sentem impelidas a nelas se expressarem. No que se segue, tentei registrar, de um modo mais ou menos sistemático, os resultados desta nova compreensão.

A. H.

[1] O autor se refere ao ano de 1954. (N. E.)

Em toda a história da ciência, o coletor de espécimes sempre precedeu o zoólogo e sucedeu os expoentes da teologia natural e da mágica. Ele interrompeu seus estudos de animais no espírito dos autores dos bestiários, para os quais a formiga era a encarnação da diligência, a pantera era um emblema, por mais surpreendente que pareça, de Cristo, e a doninha era um exemplo chocante de desinibida lascívia. Mas, a não ser de maneira bastante rudimentar, ele ainda não era um fisiologista, um ecologista ou um pesquisador do comportamento animal. Sua principal preocupação era fazer um censo para capturar, matar, embalsamar e descrever o maior número de espécimes que caíssem em suas mãos.

Como nosso planeta cem anos atrás, nossas mentes ainda possuem suas Áfricas mais sombrias, seus Bornéus não mapeados e suas bacias amazônicas. Em relação à fauna dessas regiões, não somos ainda zoólogos, mas sim meros naturalistas e coletores de espécimes. Há muito o que se lamentar disso, ainda que tenhamos de aceitar e dar o nosso melhor. Por mais humilde que seja, o trabalho do coletor deve ser feito antes de procedermos a tarefas científicas mais elaboradas de classificação, análise, experimento e teoria.

Tal qual a girafa e o ornitorrinco, as criaturas que habitam essas regiões mais remotas da mente são extremamente improváveis. Ainda assim, elas existem, pois são fatos observáveis que, como tais, não podem ser ignorados por qualquer pessoa que esteja tentando entender honestamente o mundo em que vive.

É muito difícil, mas não impossível, falar de eventos mentais a não ser por analogias tiradas de universos mais familiares de coisas materiais. Se eu fiz uso de metáforas geográficas e zoológicas, isso não foi arbitrário, fruto de um mero vício de linguagem mais pitoresca. Agi assim porque tais metáforas expressam muito vigorosamente a alteridade essencial dos continentes mais distantes da mente, a autonomia completa e a autossuficiênca de seus habitantes. Um homem consiste no que chamo de Velho Mundo da consciência pessoal e, para além de um mar divisor, em uma série de Novos Mundos — como os não tão distantes estados americanos das duas Virgínias ou das duas Carolinas do subconsciente pessoal e da alma vegetativa —; no Extremo Ocidente do inconsciente coletivo, com sua flora cheia de símbolos, suas tribos de arquétipos aborígines; e, além de um outro e mais vasto oceano, nos antípodas da consciência cotidiana, o mundo da Experiência Visionária.

Se você for a Nova Gales do Sul, encontrará marsupiais pulando em toda a extensão de seu interior. Se for aos antípodas da mente autoconsciente, encontrará todos os tipos de criaturas no mínimo tão estranhas quanto os cangurus. Não se inventam tais criaturas como não se inventam tais marsupiais. Eles levam sua vida em total independência. Nenhum homem pode controlá-los. Tudo o que se pode fazer é ir até o equivalente mental da Austrália e olhar em volta.

Algumas pessoas jamais descobrem, conscientemente, seus antípodas. Outras eventualmente fazem apenas um pouso ocasional. Outras ainda (mas são bem poucas) acham o caminho facilmente e vão e voltam quando bem entendem. Para o naturalista da mente, o coletor dos espécimes psicológicos, a necessidade primeira é encontrar um método seguro, fácil e confiável de transportar-se (a si mesmo e aos outros) do Velho ao Novo Mundo, do continente das vaquinhas e cavalos familiares ao dos cangurus e ornitorrincos.

Para tanto, existem dois métodos. Nenhum deles é perfeito, mas ambos são suficientemente confiáveis, fáceis e seguros para justificar seu emprego por aqueles que sabem o que estão fazendo. No primeiro caso, a alma é transportada a um destino remoto com a ajuda de uma substância química — mescalina ou ácido lisérgico. No segundo caso, o veículo é psicológico por natureza e a passagem para os antípodas da mente dá-se por hipnose. Os dois veículos carregam a consciência para a mesma região, mas a droga tem um alcance maior e leva seus passageiros mais adiante na *terra incognita*.

De que modo e por que a hipnose produz os efeitos observados não sabemos. No entanto, para os propósitos deste trabalho, não precisamos saber. Tudo o que é necessário, neste contexto, é registrar o fato de que alguns sujeitos sob hipnose são transportados, em estado de transe, a uma região dos antípodas da mente onde encontram o equivalente aos marsupiais — estranhas criaturas psicológicas levando uma existência autônoma de acordo com a lei de seu próprio ser.

Já sobre os efeitos fisiológicos da mescalina, sabemos um pouco. Provavelmente (uma vez que ainda não estamos tão certos) ela interfere no sistema de enzimas que regula o funcionamento cerebral. Ao fazer isso, reduz a eficiência do cérebro como instrumento de foco nos problemas da vida sob a superfície de nosso planeta. Essa redução do que podemos chamar de eficiência biológica do cérebro parece permitir o acesso à consciência de certas classes de eventos mentais que normalmente são excluídos porque não possuem nenhum valor para a sobrevivência. Intrusões similares de material inútil porém estética e às vezes espiritualmente valioso podem ocorrer como resultado de doença ou fadiga, ou podem ser induzidas por jejum ou por um período de confinamento em um local escuro e silencioso.[2]

---

2 Ver Apêndice II.

Uma pessoa sob o efeito de mescalina ou ácido lisérgico vai parar de ter visões depois de uma grande dose de ácido nicotínico. Isso ajuda a explicar a eficácia do jejum como um indutor de experiência visionária. Ao reduzir a quantidade de açúcar disponível, jejuar diminui a eficiência biológica do cérebro e assim torna possível o acesso à consciência de um material que não tem nenhum valor para a sobrevivência. Ademais, ao causar uma deficiência vitamínica, remove do sangue o inibidor das visões, o ácido nicotínico. A psicologia experimental descobriu que, se um homem for confinado em um "ambiente restrito", sem nenhuma luz, som ou odor, e mergulhado em um banho morno com algo quase imperceptível ao toque, ele logo começará a "ver coisas", "ouvir coisas" e a sentir estranhas sensações em seu corpo.

Milarepa,[3] em sua caverna no Himalaia, e os anacoretas da Tebaida seguiam essencialmente o mesmo procedimento, com os mesmos resultados. Milhares de imagens das Tentações de Santo Antônio dão testemunho da eficácia de uma dieta restrita e um ambiente igualmente restrito. O ascetismo, é evidente, possui uma dupla motivação. Se homens e mulheres torturam seus corpos, não é apenas porque esperam dessa maneira expiar seus pecados passados e evitar punições futuras, mas também porque desejam visitar os antípodas da mente e realizar ali uma excursão visionária. Empiricamente e a partir dos registros de outros ascetas, eles sabem que o jejum e um ambiente mais restrito os transportarão aonde quiserem ir. Suas autopunições podem ser a porta para o paraíso. (E também podem ser — e este é um ponto que gostaria de discutir em um momento mais adiante — a porta para algumas regiões do inferno.)

Do ponto de vista de um habitante do Velho Mundo, os marsupiais são seres excessivamente estranhos. Mas estranheza não é

---

[3] Jetsun Milarepa (c. 1052-c. 1135) foi um famoso poeta e iogue tibetano, figura de destaque no budismo daquela região. (N. E.)

aleatoriedade. Os cangurus podem até ser dotados de pouca verossimilhança, mas sua improbabilidade se repete e obedece a leis bastante reconhecíveis. O mesmo pode ser dito das criaturas psicológicas que habitam as regiões mais remotas de nossa mente. As experiências alcançadas sob o efeito da mescalina ou de uma profunda hipnose são de fato estranhas, mas mantêm certa regularidade, ou seja, são estranhas de acordo com um padrão.

Quais são os aspectos mais comuns em que um padrão se impõe em nossas experiências visionárias? O primeiro e mais importante é a experiência da luz. Tudo que é visto por aqueles que visitam os antípodas da mente é vivamente iluminado e parece brilhar a partir de dentro. Todas as cores são intensificadas a um passo muito além do que pode ser visto em estado normal, e, ao mesmo tempo, a capacidade da mente de reconhecer distinções mais sutis de tom e matiz é notavelmente elevada.

A esse respeito há uma diferença bem demarcada entre essas experiências visionárias e nossos sonhos cotidianos. Boa parte de nossos sonhos não tem cor ou então é parcial ou ligeiramente colorida. Por outro lado, as visões obtidas sob o efeito da mescalina ou da hipnose são sempre intensas e, pode-se dizer, preternaturalmente brilhantes em suas cores. Para o professor Calvin Hall, que coletou milhares de registros oníricos, dois terços de todos os sonhos são em preto e branco. "Apenas um em cada três sonhos é colorido ou com um pouco de cor." Poucas pessoas sonham inteiramente em cores; pouquíssimas nunca tiveram uma experiência com cor em seus sonhos; a maioria sonha em cores com pouca frequência.

"Chegamos à conclusão", escreve dr. Hall, "que a cor nos sonhos não produz nenhuma informação sobre a personalidade daquele que sonha." Concordo com essa conclusão. As cores nos sonhos e as visões nada nos dizem a respeito da personalidade de quem as observa, tal qual a cor no mundo externo. Percebe-se um jardim em julho como intensamente colorido. Essa percepção nos diz algo sobre a luz do sol, as flores, as borboletas, mas nada ou quase nada sobre nós mesmos. Da mesma maneira, o fato de que observamos cores intensas em nossas visões e em alguns dos nossos sonhos nos diz algo sobre a fauna dos antípodas da mente, mas nada a respeito da personalidade daquele que habita o que chamo de Velho Mundo da mente.

A maior parte dos sonhos está ligada aos desejos mais privados do sonhador e a suas ânsias mais instintivas, assim como aos conflitos que surgem quando esses desejos e ânsias são frustrados por uma consciência desaprovadora ou pelo temor da opinião pública. A história desses impulsos e conflitos é narrada em termos de símbolos dramáticos e, na maioria dos sonhos, esses símbolos não têm cor nenhuma. E por que isso? A resposta, presumo eu, é que, para que sejam efetivos, os símbolos não precisam de cor. As letras com as quais escrevemos a respeito das rosas não precisam ser vermelhas, e podemos descrever o arco-íris com tinta preta no papel branco. Muitos livros são ilustrados por xilogravuras em meio-tom, e essas imagens e diagramas sem cor contêm de fato informação.

O que é bom o suficiente para a consciência desperta é evidentemente bom o bastante para o subconsciente pessoal, que acha possível expressar seus sentidos por símbolos sem cor. A cor passa a ser uma espécie de pedra de toque da realidade. O que nos é dado é colorido; o que é fruto de nosso intelecto e nossas fantasias, criadores de símbolos, não tem cor. Assim o mundo externo é percebido como colorido. Os sonhos, que não são dados mas fabricados pelo subconsciente pessoal, são geralmente em preto e branco. (Vale ressaltar que, na experiência da maioria das pessoas, os sonhos mais coloridos e intensos são aqueles com vastas paisagens, em que não há nenhum drama, nenhuma referência simbólica de conflito, mas a mera apresentação à consciência de um fato dado e não humano.)

As imagens do mundo arquetípico são simbólicas; entretanto, uma vez que nós, como indivíduos, não as fabricamos, mas as encontramos "lá fora" no inconsciente coletivo, elas são responsáveis por pelo menos algumas das características da realidade dada, e são coloridas. Os habitantes não simbólicos dos antípodas da mente existem sob seus próprios direitos, e, tais quais os fatos dados do mundo externo, são coloridos. De fato, eles são até muito mais intensamente coloridos do que qualquer outro dado objetivo, o que pode ser explicado, em parte, pelo fato de que nossas percepções do mundo externo são geralmente obscurecidas pelas noções verbais sobre as quais arquitetamos nosso pensamento. Estamos sempre tentando converter coisas em sinais para as abstrações mais inteligíveis de nossas próprias invenções. Porém, ao fazermos isso, retiramos dessas coisas boa parte de sua essência natural.

Nos antípodas da mente, estamos de certo modo completamente livres da linguagem, fora do sistema de pensamento conceitual. Consequentemente, nossa percepção de objetos visionários garante todo o frescor, toda a intensidade exposta de experiências que nunca foram verbalizadas, nunca foram assimiladas em abstrações sem vida. Sua cor (a marca "do que é dado") brilha com tal esplendor que nos parece preternatural, pois é de fato inteiramente natural — no sentido de não ser inteiramente simplificada pela linguagem ou por noções científicas, filosóficas e utilitárias por meio das quais recriamos ordinariamente o mundo dado em nossa própria imagem, terrivelmente humana.

Em seu *The candle of vision*, o poeta irlandês AE (George Russell) analisou suas experiências visionárias com notável acuidade: "Quando medito", escreve, "sinto, nos pensamentos e nas imagens que me invadem, reflexos de personalidade; mas há também janelas na alma, pelas quais podem ser vistas imagens criadas não pelo humano, mas pela imaginação divina."

Nossos hábitos linguísticos nos levam ao erro. Por exemplo, costumamos dizer "Imagino" quando o que deveríamos ter dito era "A cortina foi levantada para que eu pudesse ver". Espontâneas ou induzidas, as visões nunca são de nossa propriedade pessoal. Memórias que pertencem ao eu ordinário não têm lugar nenhum nelas. As coisas vistas são completamente não familiares. "Não há nenhuma referência ou semelhança", de acordo com sir William Herschel,[4] "em quaisquer objetos recentemente vistos ou mesmo pensados." Quando feições surgem, nunca são as de amigos ou conhecidos. Estamos fora do Velho Mundo e explorando os antípodas.

Para a maioria de nós, na maior parte do tempo o mundo da experiência cotidiana parece cada vez mais frágil e monótono. Mas para algumas poucas pessoas, com alguma frequência, e para um número um pouco maior, ocasionalmente, parte do esplendor da experiência visionária transborda, por assim dizer, em uma visão comum, e o universo do cotidiano é transfigurado. Mesmo que ainda reconhecível como é, o Velho Mundo assume a qualidade dos antípodas da mente. Eis uma descrição inteiramente característica dessa transfiguração do mundo cotidiano:

"Estava sentado na praia, ouvindo sem prestar muita atenção um amigo que argumentava violentamente sobre algo que me causava apenas tédio. Inconsciente de mim mesmo, olhei para um filamento de areia que eu pegara na mão e de repente vi a requintada beleza de cada grão; em vez de algo desinteressante e sem forma definida, vi que cada partícula era feita de acordo com um padrão geométrico perfeito, com ângulos bem definidos, e de cada uma delas refletia um intenso feixe de luz enquanto todos os cristaizinhos brilhavam como um arco-íris [...] Os raios cruzavam e recruzavam, criando padrões de uma beleza tão fantástica que me deixou sem ar [...] Foi quando, subitamente, minha consciência foi iluminada a partir de dentro e eu vi de um modo bem claro como todo o universo era feito de partículas de um material que, não importa o quão

---

4 William Herschel (1738-1822) foi um astrônomo e compositor alemão naturalizado inglês. Desenvolveu importantes estudos de astronomia, matemática e ciência. (N. E.)

superficial ou sem vida pudesse parecer, era preenchido com essa beleza intensa e vital. Por um segundo ou dois o mundo inteiro apareceu-me como um resplendor de glória. Quando passou, me deixou com algo que nunca mais pude esquecer e que me faz lembrar constantemente da beleza encerrada em cada partícula mínima de matéria em torno de nós."

Similarmente, George Russell escreve sobre ver o mundo iluminado por um "lustre intolerável de luz"; sobre descobrir-se olhando para "paisagens tão adoráveis como um Éden perdido"; sobre admirar um mundo onde as "cores eram mais brilhantes e mais puras e não obstante marcadas por uma suave harmonia". Novamente, "os ventos cintilavam como diamantes e, ainda assim, cheios de cor como uma opala, enquanto resplandeciam pelo vale, quando notei que estava envolto na Era de Ouro e que nós vivíamos cegos a ela, a qual jamais saíra deste mundo".

Muitas descrições similares podem ser encontradas em poetas e na literatura de misticismo religioso. Pode-se pensar, por exemplo, no poema "Ode to the intimations of immortality from recollections of early childhood" [Ode às intimações da imortalidade a partir de lembranças da tenra infância], de Wordsworth; em certos textos líricos de George Herbert e Henry Vaughan;[5] em *Centuries of meditations*, de Traherne; na passagem da autobiografia de Father Surin,[6] em que ele descreve a miraculosa transformação do jardim de um convento fechado em um fragmento do paraíso.

A luz e a cor preternaturais são comuns a todas as experiências visionárias. E com a luz e com a cor vem, em todos os casos, o reco-

---

[5] George Herbert (1593-1633) foi um poeta, orador e sacerdote anglo-galês. Henry Vaughan (1621-1695) foi um escritor, físico e poeta metafísico nascido no País de Gales. (N. E.)

[6] Jean-Joseph Surin (1600-1665) foi um místico jesuíta francês famoso como orador, escritor e exorcista. (N. E.)

nhecimento de um significado elevado. Os objetos autoluminosos que vemos nos antípodas da mente possuem um significado que é, de alguma maneira, tão intenso quanto sua cor. O significado aqui é idêntico ao ser; pois, nos antípodas da mente, objetos não representam nada a não ser eles mesmos. As imagens que aparecem nos limites mais próximos do subconsciente coletivo têm um significado em relação aos fatores básicos da experiência humana, mas, nos limites desse mundo visionário, somos confrontados por fatores que, como os de natureza externa, são independentes do homem, tanto individual como coletivamente, e existem sob seus próprios direitos. E seu significado consiste precisamente nisto: são intensamente eles mesmos e, assim sendo, são manifestações do caráter essencial "do que é dado", da alteridade não humana do universo.

Luz, cor e significado não existem isoladamente. Eles modificam objetos, ou são manifestados por eles. Há alguma classe especial de objeto comum à maioria das experiências visionárias? A resposta é "sim". Sob o efeito da mescalina e da hipnose, assim como em visões espontâneas, algumas classes de experiências perceptivas aparecem com frequência. As típicas experiências com mescalina ou com ácido lisérgico começam com percepções de formas geométricas coloridas, vivas, que se movem. Com o tempo, essa geometria pura se torna concreta, e o visionário vê surgir não padrões, mas coisas padronizadas, como tapetes, esculturas, mosaicos. Estes dão lugar a edifícios vastos e muito complexos no meio de paisagens que mudam continuamente, passando da riqueza a uma riqueza mais intensamente colorida, da grandeza a uma grandeza mais profunda. Figuras heroicas, do tipo que Blake chama de serafins, podem aparecer, sozinhas ou em grande número. Animais fabulosos se movem por toda a cena. Tudo é novo e fantástico. Quase nunca o visionário vê algo que o faz lembrar seu próprio passado. Ele não está se lembrando de cenas, pessoas ou objetos, nem os está inventando; ele está olhando para uma nova criação.

A matéria-prima dessa criação advém das experiências visuais da vida comum, mas sua moldagem em formas é resultado de alguém que decerto não é aquele que originalmente teve as experiências ou que se lembrou delas depois e refletiu sobre elas. Essas formas são (para citar as palavras usadas pelo dr. J. R. Smythies em um ensaio no *American Journal of Psychiatry*) "o trabalho de um compartimento mental altamente diferenciado, sem nenhuma conexão aparente, emocional ou volitiva, com os objetivos, interesses ou sentimentos da pessoa".

A seguir, em citação ou em resumo, há o relato de Weir Mitchells sobre o mundo visionário ao qual foi transportado via peiote, o cacto do qual se extrai a mescalina.

Em sua entrada naquele mundo ele viu uma série de "pontos estelares" que se pareciam com "fragmentos de vitrais". Então surgiram "delicados filamentos flutuantes de cor". Estes foram deslocados por um "movimento abrupto de incontáveis pontos de luz branca" correndo por todo o seu campo de visão. Depois, linhas em zigue-zague com cores muito intensas, que de algum modo se tornaram nuvens dilatadas de matizes ainda mais brilhantes. Os edifícios então sugiram, e logo depois as paisagens. Havia uma torre gótica de uma elaborada arquitetura com estátuas gastas nos portões ou em suportes de pedra. "Enquanto olhava, cada um dos ângulos projetados, as cornijas e até mesmo as faces das pedras em suas juntas, tudo era gradualmente coberto por feixes do que pareciam ser enormes pedras preciosas, mas não talhadas, algumas mais parecendo com massas de um fruto transparente [...] E tudo parecia ter uma luz interior." A torre gótica deu origem a uma montanha, a um precipício de uma altura inconcebível, à garra de uma ave esculpida em pedra e projetada sobre o abismo, a um desabrochar interminável de tecidos coloridos e a uma florescência de mais pedras preciosas. Por fim, surgiu um cenário com ondas verdes e púrpuras arrebentando-se em uma praia "com miríades de luz do mesmo tom que as ondas".

Cada experiência com mescalina, cada visão que surge sob hipnose, é única; mas todas reconhecidamente pertencem à mesma espécie. As paisagens, as arquiteturas, as joias agrupadas, os padrões brilhantes e intrincados são, em sua atmosfera de luz, cor e significado preternaturais, a matéria da qual os antípodas da mente são feitos. Por que são assim não temos ideia. É um fato bruto da experiência que, gostemos ou não, temos de aceitar — do mesmo modo que temos de aceitar o fato de que cangurus existem.

Desses fatos da experiência visionária, passemos agora aos registros, preservados em todas as tradições culturais, de Outros Mundos — mundos habitados pelos deuses, pelos espíritos dos mortos, pelo homem em seu estado primal de inocência.

Ao ler tais relatos, ficamos imediatamente tocados pela incrível similaridade entre a experiência visionária induzida ou espontânea e pelos paraísos, reinos mágicos do folclore e da religião. A luz preternatural, a intensidade preternatural da coloração e o significado preternatural são todos característicos dos Outros Mundos e da Era de Ouro. E, virtualmente, em todos os casos essa luz preternatural revela, ou dela brilha, uma paisagem de beleza tão extraordinária que palavras não podem sequer descrevê-la.

Deste modo, na tradição greco-romana encontramos o adorável Jardim das Hespérides, os Campos Elísios e a ilha de Leuke, para onde Aquiles foi transportado. Mêmnon foi até outra ilha luminosa, em algum local a leste. Odisseu e Penélope viajaram em direções opostas e gozaram sua imortalidade com Circe, na Itália. Mais adiante, a oeste, as ilhas de Blest, pela primeira vez mencionadas em Hesíodo e para a qual acreditava-se que, ainda no século I a.C., Sertório planejou enviar, da Espanha, um esquadrão somente para descobri-la.

Ilhas magicamente encantadoras reaparecem no folclore dos celtas, e, do lado oposto do mundo, no Japão. E entre Avalon, no Ocidente, e Horaisan, no extremo Oriente, há a terra de Uttarakuru, o Outro Mundo dos hindus. "A terra", de acordo com o *Ramayana*,[7] "é tomada de lagos com flores de lótus-azuis. Há rios aos milhares, cheios de folhas da cor da safira e do lápis-lazúli; e os lagos, resplandecentes como o sol da manhã, são adornados por leitos dourados de lótus-vermelho. O país é todo coberto por joias e pedras preciosas, com joviais leitos de lótus-azul, com pétalas douradas. Em vez de areia, pérolas, joias e ouro margeiam os rios, que se sobressaem com suas árvores de um dourado como fogo intenso. Essas árvores perpetuamente dão flores e frutos, liberam uma doce fragrância e abundam de pássaros."

Uttarakuru, como se vê, lembra muito as paisagens da experiência com mescalina ao ser tão rica de pedras preciosas. E essa característica é virtualmente comum a todos os Outros Mundos da tradição religiosa. Cada paraíso abunda de joias ou, pelo menos, de objetos que se parecem com joias, como explica Weir Mitchell: "fruto transparente". Aqui, por exemplo, na versão de Ezequiel para o Jardim do Éden: "Estiveste no Éden, jardim de Deus; de toda pedra preciosa era a tua cobertura: sárdio, topázio, diamante, turquesa, ônix, jaspe, safira, granada, esmeralda e ouro [...] Tu eras o querubim, ungido para proteger [...] no monte santo de Deus estavas, no meio das pedras afogueadas andavas". Os paraísos budistas são adornados com "pedras de fogo" bastante similares. Deste modo, o paraíso ocidental da escola Terra Pura é murado de prata, ouro e berilo, com lagos de margens repletas de joias e uma profusão de lótus brilhantes dentro dos quais os *Bodhisattvas* estão entronados.

Ao descobrir seus Outros Mundos, os celtas e os teutões falam muito pouco de pedras preciosas, mas têm muito a dizer de outra e, para eles, igualmente maravilhosa substância: o vidro. Os galeses possuíam uma terra sagrada chamada Ynisvitrin, a Ilha de Vidro; e

---

7 Referência ao texto épico hindu atribuído ao poeta Valmiki, embora haja versões diferentes do mesmo texto. A versão mais antiga do *Ramayana* data do século XI. (N. E.)

um dos nomes do reino germânico dos mortos era Glasberg. É possível citar também o Mar de Vidro do Apocalipse.

Muitos paraísos são adornados com edifícios que, como as árvores, as águas, as colinas e os campos, brilham com suas joias. Estamos todos familiarizados com Nova Jerusalém. "E a construção de seu muro era de jaspe, e a cidade de ouro puro, semelhante a vidro transparente. E os fundamentos do muro da cidade estavam adornados de toda espécie de pedra preciosa."[8]

Descrições similares podem ser encontradas na literatura escatológica do hinduísmo, do budismo e do islamismo. O paraíso sempre é um local de joias. Por que isso? Aqueles que pensam em todas as atividades humanas em termos sociais e econômicos dirão que as joias são muito raras na Terra. Poucas pessoas as possuem. Para compensá-las desses fatos, o porta-voz da maioria atingida pela pobreza preencheu seus paraísos imaginários com pedras preciosas. Esta hipótese de recompensa divina contém, sem dúvida, algum elemento de verdade, mas falha ao explicar por que pedras preciosas precisam ser encaradas como preciosas em primeiro lugar.

A humanidade gastou muito tempo, energia e dinheiro para encontrar, minerar e lapidar seus seixos coloridos. Por quê? O utilitarista pode não achar nenhuma explicação para tal comportamento fantástico. Mas, assim que levamos em conta os fatores da experiência visionária, tudo se torna mais claro. Na visão, o homem percebe uma profusão do que Ezequiel chama de "pedras afogueadas", do que Weir Mitchell descreve como "fruto transparente". Essas coisas são autoluminosas, exibem um brilho preternatural de cor, além de possuir um significado também preternatural. Os objetos materiais que praticamente mais lembram essas fontes de iluminação visionária são as pedras preciosas. Adquirir tais pedras é adquirir algo cuja preciosidade é garantida pelo fato de que elas existem no Outro Mundo.

8 *Apocalipse*, 21,18. (N. E.)

Daí essa paixão inexplicável do homem por joias e sua atribuição de virtudes terapêuticas e mágicas a pedras preciosas. A corrente causal, estou convencido disto, começa no Outro Mundo psicológico da experiência visionária, desce à Terra e sobe de novo ao Outro Mundo teológico do paraíso. Neste contexto, as palavras de Sócrates, em *Fédon*, assumem uma nova significação. Existe, ele nos diz, um mundo ideal acima e além do mundo da matéria. "Nessa outra terra as cores são muito mais puras e muito mais brilhantes do que são aqui [...] As próprias montanhas, as próprias pedras brilham muito mais, têm uma transparência mais adorável e uma intensidade de tons ainda maior. As pedras preciosas desse mundo inferior, nossas tão estimadas cornalinas, os jaspes, as esmeraldas e todo o resto são apenas pequenos fragmentos das pedras que há acima. Nessa outra terra não há pedra que não seja preciosa e exceda em beleza cada uma de nossas joias."

Em outras palavras, pedras preciosas assim o são porque guardam leve semelhança com as maravilhas brilhantes vistas com os olhos internos do visionário. "A visão desse mundo", diz Platão, "é uma visão de espectadores abençoados"; pois ver as coisas "como elas são em si mesmas" é uma alegria pura e inexprimível.

Entre as pessoas que não possuem nenhum conhecimento de pedras preciosas ou de vidro, o paraíso está adornado não somente com minerais, mas também com flores. As brilhantes flores resplandecem preternaturalmente na maioria dos Outros Mundos descritos por escatologistas primitivos, e, mesmo nos paraísos envidraçados e ornados com pedras preciosas das religiões mais avançadas, elas têm seu lugar garantido. Podemos, por exemplo, nos lembrar da flor de lótus hindu e budista, das rosas e dos lírios ocidentais.

"Deus primeiro fez um jardim." A afirmação expressa uma profunda verdade psicológica. A horticultura tem sua origem — ou, de todo modo, uma de suas origens — no Outro Mundo dos antípodas da mente. Quando os idólatras oferecem flores ao altar, estão retornando aos deuses as coisas que eles sabem ou (se não forem visionários) vagamente sentem que são originárias do paraíso.

E esse retorno à origem não é meramente simbólico, mas também uma questão de experiência imediata. Pois o tráfego entre nosso Velho Mundo e seus antípodas, entre o Aqui e o Além, segue uma via de mão dupla. As joias, por exemplo, vêm do paraíso da alma do visionário, mas também levam a alma de volta ao paraíso. Ao contemplá-las, o homem se encontra (como se costuma dizer) transportado — levado à Outra Terra do diálogo platônico, ao lugar mágico onde cada seixo é uma pedra preciosa. E os mesmos efeitos podem ser produzidos por artefatos de vidro e metal, por velas queimando no escuro, por imagens e ornamentos brilhantemente coloridos, por flores, conchas, penas, por paisagens já vistas, como em Shelley, que das colinas Eugâneas viu Veneza sob a luz transfiguradora do amanhecer ou do pôr do sol.[9]

De fato podemos arriscar fazer uma generalização e dizer que qualquer coisa, seja na natureza ou em uma obra de arte, que se pareça com um desses objetos intensa e intimamente significativos e brilhantes encontrados nos antípodas da mente é capaz de induzir, ainda que de maneira parcial e atenuada, a experiência visionária. Neste ponto um hipnólogo nos lembrará de que, se induzido a encarar atentamente um objeto brilhante, um paciente pode entrar em transe; e se ele entrar em transe, ou se apenas devanear, pode muito bem ter visões interiores e de um mundo exterior transfigurado.

Mas precisamente como e por que a visão de um objeto brilhante induz um transe ou um estado de devaneio? Seria, como afirmavam os vitorianos, uma mera questão de tensão ocular resultante, em geral, de uma exaustão nervosa? Ou devemos explicar o fenômeno em termos puramente psicológicos — como uma con-

---

[9] Referência ao poema "Lines written among the Euganean Hills", do poeta inglês Percy Bysshe Shelley (1792-1822). (N. E.)

centração forçada a tal ponto de um monoideísmo que leva a uma dissociação?

Entretanto, há uma terceira possibilidade. Objetos brilhantes podem lembrar o nosso inconsciente do que ele mais gosta nos antípodas da mente, e essas intimações obscuras da vida no Outro Mundo são tão fascinantes que prestamos menos atenção a este mundo e nos tornamos capazes de experimentar conscientemente algo do qual, inconscientemente, sempre está conosco.

Vemos então que há certas cenas naturais, certas classes de objetos, certos materiais que têm o poder de transportar a mente do observador na direção de seus antípodas, fora do Aqui cotidiano e na direção do Outro Mundo da Visão. Similarmente, no que tange às artes, encontramos certas obras, até mesmo certos gêneros de obras, em que o mesmo poder transformador se manifesta. Essas obras que induzem a visão podem ser executadas em materiais estimuladores de visões, como vidro, metal, joias ou pigmentos parecidos com joias. Em outros casos, seu poder se deve ao fato de que elas apresentam, de algum modo peculiarmente expressivo, uma cena transportadora ou um objeto transportador.

A melhor arte indutora de visões é produzida por homens e mulheres que tiveram essa experiência visionária; mas também é possível a qualquer artista relativamente bom, simplesmente ao seguir uma receita já consagrada, criar obras que tenham ao menos algum poder transportador.

De todas as artes que induzem a visões, a que depende mais completamente de suas matérias-primas é, sem dúvida, a arte do ourives, do joalheiro. Metais polidos e pedras preciosas são tão intrinsecamente transportadores que mesmo uma joia vitoriana ou de art nouveau é algo com muito poder. E, quando à mágica natural de metal reluzente e de pedra autoluminosa se adiciona a outra mágica de nobres formas e de cores artisticamente misturadas, encontramo-nos na presença de um talismã genuíno.

A arte religiosa sempre, e em todo o mundo, fez uso desses materiais que induzem a visões. O santuário de ouro, a estátua criselefantina, o símbolo ou a imagem cheia de joias, o mobiliário brilhante do altar — encontramos todas essas coisas tanto contemporaneamente na Europa quanto no Egito antigo, na Índia, na China, ou entre os gregos, os incas, os astecas.

Os produtos da ourivesaria são intrinsecamente sobrenaturais. Eles têm seu lugar no âmago de cada mistério, em cada Santo dos Santos. Essa joalheria sagrada sempre foi associada à luz das lâmpadas e das velas. Para Ezequiel, uma joia era uma pedra de fogo. Inversamente, uma chama é uma joia viva, dotada de todo o poder transportador que pertence à pedra preciosa e, em um grau menor, ao metal polido. O poder transportador da chama aumenta em proporção de acordo com a profundidade e a extensão da escuridão ao redor. Os templos sobrenaturais mais impressionantes são cavernas crepusculares, onde umas poucas velas dão vida aos tesouros que, sobre o altar, conduzem o visitante a outro mundo.

O vidro dificilmente é menos eficaz como indutor de visões do que são as joias naturais. Em certos aspectos, chega a ser mais eficaz pela simples razão de que existe em demasia. Graças ao vidro, uma edificação inteira — a Sainte-Chapelle, por exemplo, ou as catedrais de Chartres e Sens — pôde se transformar em algo mágico e transportador. Graças ao vidro, Paolo Uccello[10] pôde desenhar uma joia circular de quatro metros de diâmetro — o grande vitral *A ressurreição de Cristo*, talvez a mais extraordinária obra de arte indutora de visão já produzida.

Para o homem da Idade Média, é evidente, a experiência visionária era supremamente valiosa. Tanto que ele estava disposto a

---

10 Paolo Uccello (1397-1475), pintor italiano que participou ativamente do Renascimento. Especializado em pinturas de perspectiva e no uso da técnica do claro-escuro. (N. E.)

pagar por ela todo o dinheiro do mundo. No século XII, caixas coletoras eram postas nas igrejas para a manutenção e instalação dos vitrais. Suger, o abade de Saint-Denis, nos conta que elas estavam sempre cheias.

Não se esperava dos briosos artistas, contudo, que eles fizessem o que seus pais já haviam feito muito bem. No século XIV a cor deu lugar à grisalha, e as janelas deixaram de induzir visões. Quando, ao fim do século XV, a cor voltou à moda, os pintores de vidro tiveram o ímpeto de imitar a pintura renascentista em transparência — e para isso encontravam-se tecnicamente bem equipados. Os resultados foram, de certo modo, interessantes, mas não havia nas obras o poder de transportar as pessoas.

Então veio a Reforma. Os protestantes desaprovavam a experiência visionária e atribuíam uma virtude mágica à palavra impressa. Em uma igreja com janelas transparentes os fiéis podiam ler suas Bíblias e seus livros de oração sem serem tentados a escapar do sermão e ir para o Outro Mundo. Do lado católico, os homens da Contrarreforma viram-se divididos. Achavam que a experiência visionária era uma boa coisa; no entanto, também acreditavam no supremo valor da palavra impressa.

Nas novas igrejas os vitrais raramente eram instalados e em muitas das antigas igrejas foram completa ou parcialmente substituídos por vidro transparente. A ampla iluminação permitia ao fiel seguir o serviço em seus livros e, ao mesmo tempo, admirar as obras que induziam suas visões criadas por novas gerações de escultores e arquitetos barrocos. Essas obras transportadoras eram executadas em metal e em pedra polida. Para onde quer que o fiel se virasse, encontraria a luz do bronze, a radiação do mármore colorido, a brancura sobrenatural do estatuário.

Nas raras ocasiões em que os agentes da Contrarreforma fizeram uso do vidro, foi como um substituto para os diamantes, não para os rubis ou para as safiras. Prismas facetados adentraram na arte religiosa no século XVII, e na Igreja católica eles chegaram até os dias de hoje na forma de inúmeros lustres. (Esses charmosos e de certo modo ridículos ornamentos estão entre as pouquíssimas invenções indutoras de visão permitidas no Islã. Mesquitas não possuem nenhuma imagem ou relicário; porém, no Oriente Próximo, de qualquer maneira, sua austeridade por vezes é mitigada pelo brilho transportador do cristal em rococó.)

Do vidro, em forma de vitral ou moldado, passemos ao mármore e a outras pedras altamente polidas e que podem ser usadas em grandes proporções. A fascinação exercida por tais pedras pode ser aferida pela quantidade de tempo e de trabalho gastos para obtê-las. Em Baalbek, por exemplo, e a algumas centenas de quilômetros adiante, em Palmira, encontramos entre as ruínas colunas de granito rosa de Aswan. Esses enormes monólitos foram extraídos no Alto Egito, transportados em barcaças pelo Nilo, rebocados pelo Mediterrâneo a Biblos ou Trípoli, e de lá levados por bois, mulas e homens montanha acima até Homs, e de Homs mais ao sul até Baalbek ou para o leste, pelo deserto, até Palmira.

Que trabalho hercúleo! E, de um ponto de vista utilitarista, que jornada sem sentido! Entretanto, é claro, havia um sentido de fato — algo que existia na região além da mera utilidade. Polidos até chegar a um brilho visionário, os seixos rosados proclamavam seu parentesco manifesto com o Outro Mundo. À custa de um enorme esforço, os homens transportaram essas pedras de suas jazidas no Trópico de Câncer e depois, como uma espécie de recompensa, as pedras transportariam seus transportadores a meio caminho dos antípodas visionários da mente.

A questão da utilidade e dos motivos que residem além da utilidade surge mais uma vez em relação à cerâmica. Poucas coisas foram tão mais úteis, mais absolutamente indispensáveis do que vasilhas, pratos e jarros. Mas ao mesmo tempo poucos seres humanos se preocupam menos com a utilidade do que os colecionadores de porcelana e de artefatos de barro envernizado. Dizer que essas pessoas possuem um apetite enorme por beleza não é uma explicação boa o suficiente. A costumeira feiura dos ambientes onde a cerâmica fina geralmente é exposta é prova suficiente de que seus donos anseiam não a beleza em todas as suas manifestações, mas apenas um tipo especial de beleza — a beleza das reflexões curvas, do verniz levemente lustroso, das superfícies elegantes e lisas; em suma, a beleza que transporta o observador, pois o faz se lembrar, implícita ou explicitamente, da luz preternatural e das cores do Outro Mundo. Em geral, a arte do ceramista é uma arte secular, mas uma arte secular tratada por seus inúmeros devotos com uma reverência quase idólatra. De tempos em tempos, contudo, essa arte secular foi posta a serviço da religião. Azulejos ganharam espaço nas mesquitas e, pouco a pouco, nas igrejas cristãs. Da China temos imagens de cerâmicas brilhantes de deuses e santos. Na Itália, Luca della Robbia[11] criou um paraíso com verniz azul para seus Meninos Jesus e suas Madonas lustrosas e brancas. A argila é mais barata que o mármore e, se bem manipulada, tão transportadora quanto.

Platão e, durante um período florescente posterior da arte religiosa, são Tomás de Aquino sustentaram que as cores puras e brilhantes eram a própria essência da beleza artística. Um Matisse, nesses termos, poderia ser intrinsecamente superior a um Goya ou a um Rembrandt. Basta que apenas traduzamos as abstrações desses filósofos em termos concretos para vermos que essa equação de beleza em geral, com cores puras e brilhantes, é absurda. Contudo, ainda que seja insustentável, a venerável doutrina não está completamente desprovida de verdade. Cores puras e brilhantes são características do Outro Mundo. Consequentemente, obras de arte pintadas em cores desse tipo são capazes, em circunstâncias ade-

---

11 Luca della Robbia (1400-1482) foi um dos principais nomes da cerâmica e da escultura renascentistas. (N. E.)

quadas, de transportar a mente do observador na direção de seus antípodas. Cores puras e brilhantes são da essência, não da beleza em geral, mas apenas de um tipo especial de beleza, a visionária. As igrejas góticas e os templos gregos, as estátuas do século XIII d.C. e do século V a.C. são todos brilhantemente coloridos.

Para os gregos e para os homens da Idade Média, essa arte de carrossel e esse trabalho e esse show de museu de cera eram evidentemente transportadores. Para nós, contudo, parece deplorável. Preferimos nosso Praxíteles mais evidente, nosso mármore e nosso calcário *au naturel*. Por que nosso gosto moderno é tão diferente, nesse aspecto, daquele de nossos antecessores? A razão, presumo, é a de que nos tornamos familiarizados demais com os pigmentos puros e brilhantes para ficarmos comovidos por eles. Admiramos esses tons, é claro, quando vemos algo grandioso ou sublime em sua composição; porém, tais como são, eles não nos transportam mais.

Os mais nostálgicos reclamam da simplicidade de nossos tempos e contrastam-na desfavoravelmente com o jovial brilho de tempos antigos. Por outro lado, há uma maior profusão de cor no mundo moderno do que no antigo. O lápis-lazúli e a púrpura de Tiro eram raridades; os ricos veludos e os brocados dos guarda-roupas principescos, os tecidos ou as cortinas pintadas das casas medievais e das primeiras casas mais modernas eram reservados a uma minoria privilegiada.

Mesmo os mais poderosos possuíram pouquíssimos desses tesouros indutores de visão. Ao fim do século XVII, os monarcas tinham tão pouca mobília que viajavam de palácio em palácio em vagões de carga cheios de utensílios de cozinha, colchas, carpetes e tapeçaria. Para a grande massa do povo havia apenas o tecido mais rude feito em casa e alguns corantes vegetais; para a decoração interna, havia no máximo cores terrosas e, no mínimo (e na maioria dos casos), "o chão de estuque e as paredes de adubo".

Nos antípodas de toda mente assenta o Outro Mundo de luz e de cor preternaturais, de joias ideais e de ouro visionário. Porém, diante de todo par de olhos havia somente a sordidez sombria do casebre que lhe servia de lar, o pó ou a lama na rua do vilarejo, o branco sujo, o verde sombrio de bosta de ganso das roupas rasgadas. Assim sendo, havia também uma sede apaixonada, quase desesperada, por brilho e por puras cores, pelo efeito avassalador produzido por tais cores, seja na igreja ou na corte, sempre que exibidas. Nos dias de hoje a indústria química produz pinturas, tintas, corantes em enormes variedades e enormes quantidades. No mundo moderno, há suficientes cores brilhantes para garantir a produção de bilhões de bandeiras e cartuns, milhões de placas de "Pare", centenas de milhares de faróis de carros de bombeiro e caixas da Coca-Cola e uma imensa quantidade de tapetes, papéis de parede e arte não representacional por quilômetro quadrado.

Familiaridade gera indiferença. Já vemos pureza e cores brilhantes demais em lojas de departamento para acharmos que sejam intrinsecamente transportadoras. E aqui podemos notar que, por sua incrível capacidade de nos dar tanto das melhores coisas, a tecnologia moderna tendeu a desvalorizar os materiais tradicionais, indutores de visão. A iluminação de uma cidade, por exemplo, era antes um raro evento, reservado apenas aos triunfos e aos feriados nacionais, à canonização dos santos e ao coroamento dos reis. Agora ocorre toda noite e celebra as virtudes do gim, dos cigarros e da pasta de dentes.

Em Londres, há cinquenta anos, sinais elétricos no céu eram uma novidade tão rara que brilhavam no meio da neblina escura como "as joias mais raras incrustadas num colar".[12] Pelo Tâmisa, na antiga Shot Tower, as letras douradas e rubras possuíam uma adorável magia — uma *féerie*. Hoje as fadas já não existem mais. Há néon

---

12 Verso do soneto 52 de Shakespeare. (N. E.)

por todos os lados e, assim sendo, não nos causa mais efeito, exceto talvez certa nostalgia por uma luz primeva.

É somente nos holofotes que recapturamos o significado celeste que costumava, na era do óleo e da cera, mesmo na era do gás e do filamento de carbono, brilhar de praticamente qualquer ilha de esplendor no escuro sem limites. Sob os projetores, a Notre-Dame de Paris e o Fórum Romano são objetos visionários, tendo poder de transportar a mente do observador ao Outro Mundo.[13]

A tecnologia moderna passou pelo mesmo efeito de desvalorização em relação ao vidro e ao metal polido, assim como em relação aos abajures e a cores puras e brilhantes. As paredes contemporâneas de vidro de São João de Patmos somente eram concebíveis em Nova Jerusalém. Hoje são destaques em todos os escritórios modernos e em todos os bangalôs. E esse excesso de vidro foi igualmente acompanhado de um excesso de cromo e níquel, de aço inoxidável, alumínio e uma série de fusões de materiais velhos e novos. As superfícies de metal piscam para nós no banheiro, brilham na pia da cozinha, cintilam por todo o país em carros e bondes.

Esses ricos reflexos convexos, que tanto fascinaram Rembrandt a ponto de ele nunca se cansar de reproduzi-los em suas pinturas, agora são lugares-comuns em nossas casas, nas ruas e nas indústrias. O fino limiar do prazer eventual foi anulado. O que antes era uma agulha de deleite visionário agora tornou-se um pedaço de linóleo desdenhado.

Até este momento falei apenas de materiais que induzem a visões e de sua desvalorização psicológica pela tecnologia moderna. É hora agora de considerar os mecanismos artísticos a partir dos quais as obras indutoras de visões foram criadas.

A luz e a cor tendem a assumir uma qualidade preternatural quando vistas em um ambiente de escuridão. A *Crucificação* de Fra

---

13 Ver apêndice III. (N. A.)

Angelico, no Louvre, tem um fundo preto. Assim como os afrescos da "Paixão" pintados por Andrea del Castagno para as freiras de Santa Apolônia, em Florença. Daí a intensidade visionária, o estranho poder transportador dessas extraordinárias obras. Em um contexto artístico e psicológico completamente diferente, o mesmo artifício era geralmente usado por Goya em suas gravuras. Os homens voadores, o cavalo numa corda bamba, a enorme e pavorosa encarnação do Medo — todos eles se destacam, como iluminados, contra um fundo de luz impenetrável.

Com o desenvolvimento do *chiaroscuro* nos séculos XVI e XVII, a noite retirou-se do fundo da tela e ganhou espaço na própria figura, que se tornou a cena de uma espécie de maniqueísmo entre a Luz e a Escuridão. No momento em que foram pintadas, essas obras devem ter adquirido um verdadeiro poder transportador. Para nós, que já vimos bastante esse tipo de coisa, a maioria delas parece meramente teatral. No entanto, algumas poucas ainda retêm sua magia. O *Sepultamento* de Caravaggio, por exemplo; algumas dezenas de pinturas mágicas feitas por Georges de La Tour;[14] e todos aqueles Rembrandts em que a luz tem intensidade e significação nos antípodas da mente, onde o escuro é rico de potencialidades, esperando a vez de se tornar real, de se tornar presente e incandescente em nossas consciências.

Na maior parte dos casos, o objeto ou a matéria das pinturas de Rembrandt é tirado da vida real ou da Bíblia — um menino estudando ou Betsabá se banhando; uma mulher vagueando às margens de um lago ou Cristo diante de seus juízes. Ocasionalmente, contudo, essas mensagens do Outro Mundo são transmitidas por meio de um objeto desenhado não da vida real ou da história, mas do reino dos símbolos arquetípicos. No Louvre há o *Filósofo em meditação*, cujo objeto simbólico nada mais é do que a mente

---

14   Ver apêndice IV. (N. A.)

humana, com sua prolífica escuridão, seus momentos de iluminação intelectual e visionária, suas escadarias misteriosas subindo e descendo pelo desconhecido. O filósofo meditando se senta em sua ilha de iluminação interior, e do lado oposto desse aposento simbólico, em outra ilha mais rosada, uma senhora se agacha diante da lareira. O fogo a toca e transfigura seu rosto, e vemos, concretamente ilustrado, o paradoxo impossível e a verdade suprema — que a percepção é (ou pelo menos pode ser, deve ser) o mesmo que a Revelação, que a Realidade brilha de toda aparição, que o Uno está total e infinitamente presente em todas as particularidades.

Juntamente com as luzes e as cores preternaturais, as joias e seus padrões sempre mutáveis, os visitantes aos antípodas da mente descobrem também um mundo de cenários sublimes, de arquitetura viva e de figuras heroicas. O poder transportador de muitas obras de arte é atribuível ao fato de que seus criadores pintaram cenas, pessoas e objetos que permitem ao observador se lembrar do que, conscientemente ou não, ele sabe sobre o Outro Mundo no fundo de sua mente.

Comecemos com o humano, ou melhor, com os habitantes mais que humanos dessas regiões tão afastadas. Blake os chamava de querubins. E sem dúvida é isto o que eles são — os originais psicológicos daqueles seres que, na teologia de toda religião, servem de intermediários entre o homem e a Clara Luz. Os personagens mais que humanos de experiência visionária nunca "fazem nada". (Similarmente, o abençoado nunca "faz nada" no paraíso.) Para eles basta simplesmente existir.

Sob muitos nomes e ornadas de uma variedade infinita de roupas, essas figuras heroicas da experiência visionária do homem aparecem na arte religiosa de todas as culturas. Algumas vezes são exibidas em descanso, outras em ações históricas ou mitológicas. Mas a ação, como já vimos, não vem naturalmente aos habitantes dos antípodas da mente. Estar ocupado é a lei de nosso ser. A lei deles é não fazer nada. Quando forçamos esses estranhos e serenos seres a representar um papel em algum dos nossos dramas, estamos sendo falsos em relação à verdade visionária. É por isso que a representação mais transportadora (ainda que não necessariamente a mais bela) dos querubins é aquela que os mostra como são em seu habitat natural, ou seja, não fazendo nada em particular. E isso também vale para a surpreendente, muito mais do que meramente estética, impressão tida pelo observador diante das grandes obras-primas da arte religiosa. As figuras esculturais dos deuses e dos reis egípcios, as Madonas e os Pantocratas dos mosaicos bizantinos, os *Bodhisattvas* e os *Lohans* chineses, os Budas em meditação do Khmer, as estelas e as estátuas de Copán, os ídolos de madeira da África tropical, todos eles possuem uma característica em comum: uma profunda quietude. E é exatamente isso o que lhes dá sua qualidade numinosa, seu poder de transportar o observador para fora do Velho Mundo de suas experiências cotidianas, para bem longe, em direção aos antípodas visionários da psique humana.

É evidente que não há nada intrinsecamente excelente na arte estática. Estática ou dinâmica, uma obra de arte ruim sempre será uma obra ruim. O que quero dizer com isso é que, com outras coisas sendo iguais, uma figura heroica em repouso tem um poder transportador muito maior do que uma que seja mostrada em ação.

Os querubins vivem no paraíso e em Nova Jerusalém — em outras palavras, entre edifícios prodigiosos estruturados com ricos e brilhantes jardins com vistas distantes para planícies e montanhas, rios e mares. Isso é uma questão de experiência imediata, um fato psicológico que tem sido recordado no folclore e na literatura religiosa de todas as eras e em todos os países. Não foi registrada, contudo, na arte pictórica.

Ao analisar a evolução das culturas humanas, chegamos à conclusão de que a pintura de paisagens em alguns casos nunca existiu ou é bastante rudimentar, ou então de um desenvolvimento muito recente. Na Europa, uma arte mais madura dessas pinturas existiu apenas por quatro ou cinco séculos, enquanto na China por não mais que mil anos, e na Índia, por razões práticas, nunca existiu.

Eis um fato curioso que pede maior explicação. Por que paisagens naturais chegaram a uma literatura visionária de determinado período e de determinada cultura, mas não à pintura? Posta desse modo, a questão já nos dá sua melhor resposta. As pessoas podem se contentar com a expressão meramente verbal nesse aspecto de sua experiência visionária e não sentir necessidade de traduzi-la em termos pictóricos.

Que isso geralmente ocorra em casos individuais é mais do que certo. Blake, por exemplo, observou cenários visionários "articulados para além de tudo que a natureza mortal e perecível pode produzir" e "infinitamente mais perfeitos e minuciosamente organizados do que qualquer coisa já vista pelos olhos mortais". Eis a descrição de tal paisagem natural visionária, que Blake proferiu em uma das festas noturnas da sra. Aders: "Em uma noite dessas, caminhando, cheguei a um prado e no canto mais distante vi um rebanho de cordeiros. Ao aproximar-me, o terreno corava-se de flores e o redil entrelaçado, com seus habitantes cheios de lã, foi-me de uma beleza pastoral extraordinária. Porém, olhei novamente e vi que se tratava não de um rebanho vivo, mas de uma bela escultura".

Tomada de pigmentos, essa visão mais pareceria, suponho eu, uma mistura impossivelmente linda de uma pintura a óleo fresca de Constable com o desenho de um animal no estilo magicamente realista do cordeiro aureolado de Zurbarán[15] que podemos encontrar no museu de San Diego. Entretanto, Blake jamais produziu nada nem remotamente parecido com essa pintura. Contentava-se em

---

15 Francisco de Zurbarán (1598-1664), pintor maneirista espanhol famoso por suas imagens icônicas de santos e naturezas-mortas. (N. E.)

falar e escrever sobre suas visões de paisagens e concentrar-se em suas pinturas de querubins.

O que é verdade para um indivíduo pode ser verdade para toda uma escola ou estética. Há inúmeras coisas que os homens podem experimentar, mas não escolher expressá-las; ou podem tentar expressar o que já experimentaram, mas em apenas uma de suas artes. Ainda há outros casos em que eles vão se expressar de maneiras que não têm nenhuma afinidade imediatamente reconhecível com a experiência original. Neste último contexto, o dr. A. K. Coomaraswamy tem coisas muito interessantes a dizer sobre a arte mística do Extremo Oriente — a arte em que "a denotação e a conotação não podem ser divididas" e que "nenhuma distinção pode ser feita entre o que uma coisa 'é' e o que ela 'significa'".

O exemplo mais supremo de tal arte mística é a pintura de paisagens zen, que se destacou na China durante o período Sung e passou por um renascimento no Japão quatro séculos depois. A Índia e o Oriente Próximo não possuem nenhuma pintura com cenário místico, mas têm seus equivalentes: "A pintura, a poesia e a música vaisnava na Índia, onde o tema mais comum é o amor sexual; a poesia e a música sufi na Pérsia, devotadas a louvores de intoxicação".

"A cama", tal como o provérbio italiano sucintamente define, "é a ópera do homem pobre." Analogamente, o sexo é o período Sung hindu; o vinho, o impressionismo persa. Isso porque, evidentemente, as experiências de união sexual e intoxicação compartilham dessa característica essencial da alteridade de toda visão, incluindo a das paisagens naturais.

Se, em qualquer época, o homem encontrou satisfação em um certo tipo de atividade, pode-se presumir que, em períodos em que essa atividade satisfatória não estava manifestada, deve ter havido alguma espécie de equivalente para ela. Na Idade Média, por exemplo, o homem estava preocupado, de maneira obsessiva, quase maníaca, com palavras e símbolos. Tudo na natureza era instantaneamente reconhecido como ilustração concreta de alguma noção formulada em um dos livros ou lendas correntemente tidos como sagrados.

Ainda assim, em outros períodos da história, o homem encontrou profunda satisfação no reconhecimento de uma alteridade autônoma da natureza, incluindo muitos aspectos da condição humana. A experiência da alteridade foi expressa em termos artísticos, religiosos e científicos. Quais eram os equivalentes medievais de Constable e da ecologia, dos Mistérios de Elêusis e da observação de aves, da microscopia e dos ritos dionisíacos, dos haicais japoneses? Encontravam-se, suspeito eu, nas orgias saturnais em uma das pontas da escala e na experiência mística na outra. Shrovetides, May Days, carnavais, todos eles permitiam uma experiência direta da alteridade animal subjacente à identidade pessoal e social. A contemplação inspirada revelou a alteridade outra do Não Eu divino. E em algum ponto entre os dois extremos estavam as experiências das artes visionárias e indutoras de visões, por meio das quais buscava-se recapturar e recriar aquelas experiências — a arte do joalheiro, do fabricante dos vitrais, do tapeceiro, do pintor, do poeta e do músico.

Apesar de uma história natural que nada mais é do que sombrios símbolos moralistas, e apesar de uma teologia que, em vez de ver as palavras como signos de coisas, tratou as coisas e os eventos como signos bíblicos ou palavras aristotélicas, nossos ancestrais permaneceram relativamente sãos. E conseguiram isso ao periodicamente escapar da prisão sufocante da filosofia pretensamente racionalista, da ciência antropomórfica, autoritária e não experimental, da religião articulada até demais, para mundos não verbais, fora do domínio humano, habitados por seus instintos, pela fauna visionária dos antípodas de suas mentes e, além de tudo isso, pelo Espírito que reside em nós.

A partir dessa longa porém necessária digressão, retornemos ao caso particular de onde paramos. Paisagens naturais, como vimos, são uma característica regular da experiência visionária. Descrições de paisagens naturais visionárias ocorrem na literatura antiga do folclore e da religião, mas pinturas de paisagens surgem apenas em tempos comparativamente recentes. Ao que já foi dito, para explicar equivalentes psicológicos, adicionarei algumas poucas e breves notas sobre a natureza das pinturas de paisagens como uma arte indutora de visão.

Comecemos por uma questão: que paisagens, ou, mais genericamente, que representações de objetos naturais são os mais transportadores, mais intrinsecamente indutores de visões? À luz de minhas próprias experiências e do que ouvi outras pessoas dizerem a respeito de suas reações a obras de arte, arrisco uma resposta. Em iguais circunstâncias (já que nada pode resolver a falta de talento), as paisagens mais transportadoras são primeiramente aquelas que representam objetos naturais à distância e, depois, as que os representam mais de perto.

A distância empresta um encantamento à visão, assim como a proximidade. Uma pintura Sung de montanhas, nuvens e torrentes à distância é transportadora, mas assim o são os detalhes das folhagens tropicais das selvas de Douanier Rousseau.[16] Quando olho para uma paisagem Sung, sou lembrado (ou um dos meus Não Eus é lembrado) de penhascos, de expansões sem limite de terreno, de céus luminosos e de mares dos antípodas da mente. E aquelas desaparições em névoa e nuvens, aqueles surgimentos repentinos de alguma forma estranha e intensamente definida — uma rocha encharcada, um pinheiro antigo retorcido por anos de luta contra o vento, por exemplo —, tudo isso também é transportador. Pois me lembram, consciente ou inconscientemente, da estranheza e do mistério essenciais do Outro Mundo.

O mesmo ocorre visto de perto. Observo as folhas com suas arquiteturas venosas, suas listras e manchas, perscruto as profunde-

---

[16] Henri-Julien-Félix Rousseau (1844-1910), também conhecido por seu apelido "O Aduaneiro", foi um pintor francês pós-impressionista. Várias de suas telas mostram paisagens tropicais num estilo que remete à arte naïf. (N. E.)

zas de sua folhagem entrelaçada, e algo em mim me remete àqueles padrões vivos, tão característicos do mundo visionário, de nascimentos infinitos e proliferações de formas geométricas que se transformam em objetos, de coisas que para sempre estão se transmutando em outras.

Esse olhar mais de perto de uma selva pintada é o que, em um de seus aspectos, mais se parece com o Outro Mundo a ponto de me transportar e me fazer ver uma obra de arte se transfigurar em outra coisa, em algo que ultrapassa a arte.

Lembro-me, muito vividamente, ainda que isso tenha acontecido há muitos anos, de uma conversa que tive com Roger Fry.[17] Falávamos sobre os *Nenúfares*, de Monet. Eles não tinham direito algum, arguia Roger, de ser tão escandalosamente desorganizados, sem nenhum esqueleto composicional adequado. Eram todos errados, artisticamente falando. Mas mesmo assim, teve que admitir, mesmo assim... Mesmo assim, como eu então diria, elas nos transportam. Esse artista de estupenda virtuose escolhera pintar um *close-up* de objetos naturais vistos em seu próprio contexto e sem referência a noções meramente humanas sobre o que é o quê, ou o que deveria ser o quê. O homem, como gostamos de dizer, é a medida para todas as coisas. Para Monet, naquela ocasião, os nenúfares eram a medida dos nenúfares, e assim ele os pintou.

O mesmo ponto de vista inumano pode ser adotado por qualquer artista que tente pintar uma cena distante. Quão pequenos, na pintura chinesa, são os viajantes que caminham pelo vale! Quão frágeis as cabanas de bambu na encosta acima deles! E todo o resto da vasta paisagem é vazio e silêncio. A revelação da vastidão, vivendo sua própria vida de acordo com as leis de seu próprio ser, transporta a mente a seus antípodas; pois a natureza primitiva traz consigo uma

---

17 Roger Fry (1866-1934), influente crítico e pintor inglês, estudioso das vanguardas de seu tempo. (N. E.)

estranha semelhança com o mundo interior, onde não há nenhuma consideração por nossos desejos pessoais ou mesmo pelas preocupações contínuas do homem em geral.

Apenas a meia distância e o que podemos chamar de primeiro plano mais remoto são estritamente humanos. Quando olhamos para muito perto ou muito longe, o homem ou desaparece totalmente ou perde sua supremacia. O astrônomo olha muito mais além do que o pintor Sung e vê muito menos da vida humana. Na outra extremidade da escala, o físico, o químico, o fisiologista, buscam o *close-up* — o *close-up* celular, molecular, atômico e subatômico. Do que, a seis metros, ou mesmo ao alcance da mão, parecia um ser humano, nenhum traço permanece.

Algo análogo acontece com o artista míope e com o amante em estado de graça. Em suas núpcias, a personalidade se derrete; o indivíduo (tema recorrente dos poemas e dos romances de Lawrence[18]) deixa de ser ele mesmo e se torna parte do vasto e impessoal universo.

E assim o é igualmente com o artista que escolhe direcionar seus olhos a um ponto próximo. Em sua obra, a humanidade perde sua importância e chega a desaparecer por completo. Em vez de homens e mulheres realizando seus fantásticos truques diante do alto paraíso, somos interpelados a refletir sobre os lírios, meditar sobre a beleza sobrenatural de "coisas vãs", isoladas de seu contexto utilitário e reproduzidas tal como são, nelas e por elas mesmas. De outro modo (ou num estágio anterior do desenvolvimento artístico, exclusivamente), o mundo não humano de um ponto próximo é apresentado em padrões. Esses padrões são extraídos, na maior parte, de folhas e flores — a rosa, o lótus, o acanto, a palmeira, o papiro — e são transformados, com repetições e variações, e de maneira transportadora, em algo reminiscente das geometrias vivas do Outro Mundo.

---

18 D. H. Lawrence (1885-1930), famoso escritor inglês cuja obra mais conhecida, *O amante de Lady Chatterley*, foi proibida de circular na Inglaterra da época. (N. E.)

Tratamentos mais livres e mais realistas da natureza de ponto mais próximo surgem numa data relativamente recente — porém muito antes daqueles tratamentos dados à cena distante, para a qual (erroneamente) damos o nome de pintura de paisagens. Roma, por exemplo, teve suas paisagens em *close-up*. O afresco de um jardim, que já adornou uma sala na Vila de Lívia, é um exemplo magnífico dessa forma de arte.

Por razões teológicas, o islamismo teve de contentar-se, em sua grande parte, com arabescos luxuosos e (como nas visões) com padrões continuamente variáveis, baseados em objetos naturais vistos de perto. No entanto, mesmo no islamismo a genuína paisagem em *close-up* não era totalmente desconhecida. Nada pode exceder em beleza e em poder indutor de visões os mosaicos de jardins e edifícios na grande mesquita Umayyad, em Damasco.

Na Europa medieval, apesar da constante mania de transformar dados em conceitos, cada experiência imediata em mero símbolo de algo num livro, *close-ups* realistas de folhagem e flores eram muito comuns. Podemos encontrá-los esculpidos nos capitéis dos pilares góticos, como na Sala do Capítulo da catedral de Southwell. Podemos encontrá-los em pinturas de caçadas — pinturas cujo tema era o sempre presente fator da vida medieval, a floresta, vista como o caçador ou como o viajante perdido a vê, em toda a sua exuberante complexidade de detalhes frondosos.

Os afrescos no Palácio dos Papas de Avignon são praticamente os únicos sobreviventes do que, mesmo na época de Chaucer, era uma forma muito praticada de arte secular. Um século depois essa arte da floresta em *close-up* atingiu sua perfeição autoconsciente em obras tão magníficas e mágicas como *A visão de santo Eustáquio*, de Pisanello, ou *A Caçada na Floresta*, de Paolo Uccello, hoje no Ashmolean Museum, em Oxford.

Bastante relacionada às pinturas de floresta em *close-up* está a tapeçaria, com a qual os poderosos homens do norte da Europa adornavam suas casas. Os melhores tapetes são obras indutoras de visão da mais alta ordem. À sua própria maneira, eles são tão reminiscentes, tanto celestialmente quanto em termos de poder, do que acontece nos antípodas da mente como são as grandes obras de arte de paisagem com ponto de fuga bem distante — as montanhas Sung em sua enorme solidão, os infinitamente encantadores rios Ming, os azulados e distantes mundos subalpinos de Ticiano, a Inglaterra de Constable, as Itálias de Turner e Corot, as Provenças de Cézanne e Van Gogh, a Île-de-France de Sisley e a Île-de-France de Vuillard.

A propósito, Vuillard era um mestre supremo tanto do *close-up* de poderoso transporte quanto do ponto distante igualmente transportador. Seus interiores burgueses são obras-primas da arte indutora de visões, comparados com os quais as obras de visionários mais conscientes ou, por assim dizer, mais profissionais como Blake e Odilon Redon parecem extremamente fugazes. Nos interiores de Vuillard, cada detalhe, por mais trivial ou até hediondo que pudesse ser — o padrão do papel de parede do fim da era vitoriana, o bibelô de art nouveau, os tapetes de Bruxelas —, é visto e reproduzido como uma joia viva; e todas essas joias são harmoniosamente combinadas em uma unidade que consiste em uma joia ainda mais intensamente visionária. E quando os membros da classe média alta de Nova Jerusalém de Vuillard saem para passear, eles se encontram não em Seine-et-Oise, como poderia se supor, mas no Jardim do Éden, em um Outro Mundo que ainda é essencialmente o mesmo que este mundo, mas transfigurado e, portanto, com poder transportador.[19]

Por ora falei somente da beatífica experiência visionária e de sua interpretação em termos teológicos, sua tradução em arte. Porém, a experiência visionária nem sempre é beatífica. Por vezes ela é terrível. Para todo o céu há seu inferno.

---

19 Ver apêndice v. (N. A.)

Como no paraíso, o inferno visionário possui sua luz e sua significação preternaturais. Mas a significação é intrinsecamente terrível e a luz é "a luz esfumaçada" do *Livro tibetano dos mortos*, a "escuridão visível" de Milton. Em *Journal d'une schizophrène*, registro autobiográfico da passagem de uma jovem garota pela loucura, o mundo do esquizofrênico é chamado de *le pays d'éclairement*, ou seja, o país da iluminação, expressão que um místico poderia ter usado para denotar o seu paraíso. No entanto, para a pobre Renée, a esquizofrênica, a iluminação é infernal — um clarão elétrico muito intenso sem nenhuma sombra, ubíquo e implacável. Tudo que para os visionários saudáveis é fonte de êxtase traz a Renée apenas medo e um sentido torturante de irrealidade. A luz do sol é maligna; o brilho de qualquer superfície que esteja polida sugere não algum tipo de joia, mas uma maquinaria e estanho esmaltado; a intensidade da existência que anima todo objeto, quando visto muito de perto e fora de seu contexto utilitário, é apreendida como ameaça.

E então há o horror da infinidade. Para o visionário saudável, a percepção do infinito em um finito particular é uma revelação de imanência divina; para Renée foi uma revelação do que ela chama de "o Sistema", o vasto mecanismo cósmico que existe apenas para provocar a culpa e a punição, a solidão e a irrealidade.[20]

Sanidade é uma questão de grau e há inúmeros visionários que veem o mundo como Renée o viu, mas planejam, contudo, viver fora dos manicômios. Para eles, tanto quanto para o visionário positivo, o universo é transfigurado — mas para pior. Tudo nele, das estrelas no céu ao pó sob seus pés, é indescritivelmente sinistro ou nojento; todo evento está carregado de uma significação odiosa; todo objeto manifesta a presença de um Horror Interior, infinito, todo-poderoso, eterno.

Esse mundo negativamente transfigurado encontra seu espaço, de tempos em tempos, na literatura e nas artes. Contorceu-se e

20 Ver apêndice VI. (N. A.)

ameaçou nas últimas paisagens de Van Gogh; foi o cenário e o tema de todas as histórias de Kafka; foi o lar espiritual de Géricault[21]; foi habitado por Goya durante os anos de sua surdez e de sua solidão; foi vislumbrado por Browning[22] quando ele escreveu *Childe Roland*; teve seu lugar, contra todas as teofanias, nos romances de Charles Williams.

A experiência visionária negativa geralmente é acompanhada de sensações corpóreas de um tipo bastante especial e característico. Visões extasiantes são frequentemente associadas a um senso de separação do corpo, um sentimento de desindividualização. (Sem dúvida, é esse sentimento que torna possível aos índios que praticam o culto do peiote usar a droga não apenas como um atalho ao mundo visionário, mas também como um instrumento de criação de uma solidariedade afetuosa dentro do grupo participante.) Quando a experiência visionária é terrível e o mundo é transfigurado para pior, a individualização se intensifica e o visionário negativo se vê associado a um corpo que parece ficar progressivamente mais denso, mais firmemente embalado, até encontrar-se por fim reduzido a ser a consciência agonizante de uma massa espessa de matéria, não maior do que uma pedra que pode ser pega com as mãos.

Vale notar que muitas das punições descritas nos variados registros do inferno são punições de pressão e constrição. Os pecadores de Dante são enterrados na lama e encerrados nos troncos das árvores, solidamente congelados em blocos de gelo, esmagados entre pedregulhos. O inferno é psicologicamente verdadeiro. Muitas de suas dores são experimentadas por esquizofrênicos e por aqueles que tomaram mescalina ou ácido lisérgico sob condições desfavoráveis.[23]

---

21 Ver apêndice VII. (N. A.)
22 Robert Browning (1812-1889), poeta e dramaturgo inglês. Huxley se refere ao poema "Child Roland to the dark tower came". (N. E.)
23 Ver apêndice VIII. (N. A.)

Qual a natureza dessas condições desfavoráveis? Como e por que o paraíso se transformou no inferno? Em certos casos a experiência visionária negativa é o resultado de causas predominantemente físicas. A mescalina tende, depois de ingerida, a se acumular no fígado. Se o fígado estiver doente, a mente a ele associada pode encontrar-se em pleno inferno. Mas o que mais nos importa para o presente propósito é o fato de a experiência visionária negativa poder ser induzida por meios puramente psicológicos. Medo e raiva barram o caminho ao Outro Mundo paradisíaco e imergem quem ingere mescalina no inferno.

E o que é verdade para quem toma mescalina também é verdade para quem tem visões espontâneas ou sob hipnose. Foi a partir dessa base psicológica que a doutrina teológica somente pela fé se ergueu — uma doutrina em comum com todas as grandes tradições religiosas do mundo. Os escatologistas sempre acharam difícil conciliar sua racionalidade e sua moralidade com os fatos mais brutos da experiência psicológica. Como racionalistas e moralistas, eles sentem que o bom comportamento deve ser sempre recompensado e que os virtuosos merecem ir para o céu. Porém, como psicólogos, eles sabem que a virtude não é a condição suficiente e única para a experiência visionária bem-aventurada; sabem que as obras por si mesmas não têm poder algum e que é a fé, ou a dedicada confiança, que garante a bem-aventurança da experiência visionária.

Emoções negativas — o temor que é a ausência da confiança, o ódio, a raiva ou a malícia que excluem o amor — são a garantia de que a experiência visionária, se e quando ocorrer, será terrível. O fariseu é um homem virtuoso, mas sua virtude é daquele tipo que é compatível com emoções negativas. Suas experiências visionárias devem então ser mais infernais do que bem-aventuradas.

A natureza da mente é tal que o pecador que se arrepende e faz um ato de fé em um poder superior tende a ter uma experiência visionária mais bem-aventurada do que o pilar presunçoso da sociedade com suas honradas indignações, sua ansiedade em ter posses e pretensões, seus hábitos arraigados de culpa, desprezo e condenação. Daí a enorme importância ligada, em todas as grandes tradições religiosas, aos estados de mente no momento da morte.

A experiência visionária não é a mesma da experiência mística. Esta fica além do reino das oposições; aquela ainda está dentro desse reino. O paraíso está vinculado ao inferno, e "ir ao paraíso" não liberta mais do que uma descida ao horror. O paraíso é apenas um ponto de vista do qual o Solo divino pode ser melhor visto do que no nível da ordinária existência individualizada.

Se a consciência sobrevive à morte corpórea, ela sobrevive, presumivelmente, em todo nível mental — no nível da experiência mística, da experiência visionária bem-aventurada, da experiência visionária infernal e da experiência individual cotidiana.

Na vida, mesmo a experiência visionária bem-aventurada tende a mudar seus signos se persiste por muito tempo. Muitos esquizofrênicos têm seus momentos de felicidade paradisíaca; porém o fato de não saberem quando (diferentemente do que ocorre com quem consome mescalina) ou mesmo se será permitido o seu retorno à banalidade tranquilizadora da experiência cotidiana faz com que até mesmo o paraíso seja tão aterrorizante. No entanto, para aqueles que, por qualquer razão, ficam estarrecidos, o paraíso se transforma no inferno, a bem-aventurança no horror, a Clara Luz no brilho odioso da terra da iluminação.

Algo parecido pode ocorrer no estado póstumo. Depois de ter tido um vislumbre do esplendor insuportável da Realidade definitiva, e depois de ter se transportado entre o paraíso e o inferno, muitas almas acham possível voltar àquela região da mente mais tranquilizadora, onde podem usar seus próprios desejos e os dos outros, memórias e fantasias, até construir um mundo muito similar àquele que vivem na Terra.

Daqueles que morrem, apenas uma minoria infinitesimal é capaz de uma união imediata com o Solo divino, poucos são capazes de suportar a bem-aventurança visionária do paraíso e poucos se encontram nos horrores visionários do inferno, de onde não conseguem escapar; a imensa maioria termina em uma espécie de mundo descrito por Swedenborg e pelos médiuns. Desse mundo é indubitavelmente possível passar, quando as condições necessárias forem cumpridas, a mundos de bem-aventurança visionária ou a uma iluminação final.

Meu palpite é que o espiritualismo moderno e a tradição antiga estão ambos corretos. Há um estado póstumo do tipo descrito no livro de sir Oliver Lodge,[24] *Raymond*; mas há também um paraíso de experiência visionária bem-aventurada, como há igualmente um inferno do mesmo tipo de experiência visionária terrificante como a sofrida por esquizofrênicos e por algumas pessoas que fazem uso da mescalina; por fim, há também uma experiência, além do tempo, de união com o Solo divino.

---

24 Oliver Lodge (1851-1940), físico e escritor inglês, autor de *Raymond: uma prova da existência da alma* (trad. Monteiro Lobato), sobre seu filho morto na Primeira Guerra Mundial. (N. E.)

Apêndices

APÊNDICE I

Outros dois pontos auxiliares menos efetivos à experiência visionária merecem menção — o dióxido de carbono e a lâmpada estroboscópica. Uma mistura (completamente não tóxica) de sete partes de oxigênio e três de dióxido de carbono produz, para aqueles que a inalam, certas alterações físicas e psicológicas, exaustivamente descritas por Meduna.[25] Entre essas alterações, a mais importante, para o presente contexto, é uma acentuação na habilidade de "ver coisas" de olhos fechados. Em alguns casos, apenas espirais de cores padronizadas são vistas. Em outros, pode haver lembranças bastante vívidas de experiências passadas. (Daí o valor do CO_2 como agente terapêutico.) Em ainda muitos outros casos, o dióxido de carbono transporta o sujeito ao Outro Mundo nos antípodas de sua consciência cotidiana e ele vivencia, ainda que momentaneamente, as experiências visionárias de maneira completamente desconectada de seu próprio histórico pessoal ou dos problemas da raça humana em geral.

À luz desses fatores fica fácil entendermos a *rationale* por trás dos exercícios de respiração da ioga. Praticados sistematicamente, esses exercícios resultam, depois de um tempo, em suspensões prolongadas da respiração. Longas suspensões de respiração levam a

---

25 Ladislas J. Meduna (1896–1964), neurologista húngaro, autor de *Carbon dioxide therapy*. (N. E.)

uma alta concentração de dióxido de carbono nos pulmões e no sangue, e esse aumento na concentração de CO_2 diminui a eficiência do cérebro, como uma válvula redutora, permitindo a entrada, na consciência, de experiências visionárias ou místicas, de "fora".

Gritos ou cantos prolongados ou contínuos podem produzir resultados similares, ainda que menos acentuados. A não ser que sejam altamente treinados, os cantores tendem a expirar mais do que inspirar. Consequentemente, a concentração de dióxido de carbono no ar alveolar e no sangue aumenta e, com a eficiência da válvula redutora cerebral diminuindo, a experiência visionária se torna possível. Daí as intermináveis "vãs repetições" da magia e da religião. O canto do curandeiro, do feiticeiro, do xamã; a entoação dos intermináveis salmos e dos sutras budistas e cristãos; o grito e o uivo, hora após hora, dos revivalistas — sob todas as diversidades de crença teológica e convenção estética, a intenção psicoquímica e fisiológica permanece constante. Aumentar a concentração de CO_2 nos pulmões e no sangue e então diminuir a eficiência da válvula redutora cerebral até que se permita a entrada do material biologicamente inútil da Mente Integrada — esse, ainda que quem grite, cante e resmungue não saiba, sempre foi o real propósito e o ponto dos feitiços mágicos, dos mantras, das litanias, dos salmos e dos sutras. "O coração", diz Pascal, "tem suas razões." Mais cogente ainda e muito mais difícil de desvendar são as razões dos pulmões, do sangue, das enzimas, dos neurônios e das sinapses. O caminho ao superconsciente se dá pelo subconsciente e o caminho, ou um dos caminhos, ao subconsciente se dá pela química das células individuais.

Com a lâmpada estroboscópica saímos da química para chegar ao universo ainda mais elementar da física. Sua luz ritmicamente intermitente parece agir direto, pelos nervos ópticos, nas manifestações elétricas da atividade cerebral. (Por essa razão sempre há um risco envolvido no uso da lâmpada estroboscópica. Algumas pessoas sofrem de um *petit mal* sem perceberem através de sintomas bastante claros e inconfundíveis. Expostas a essa luz, tais pessoas podem sofrer um ataque epilético. O risco não é muito grande, mas precisa ser considerado. Um caso, em cada oitenta, termina muito mal.)

Sentar-se de olhos fechados na frente de uma luz estroboscópica é uma experiência fascinante e muito curiosa. Tão logo a lâmpada se acende, os padrões cheios de brilho e cor começam a se tornar visíveis. Esses padrões não são estáticos, mas mudam incessantemente. Sua cor prevalecente é uma função da taxa de descarga do estroboscópio. Quando a lâmpada está piscando em qualquer velocidade entre dez e quatorze ou quinze vezes por segundo, os padrões que prevalecem são laranja e vermelho. O verde e o azul aparecem quando a taxa ultrapassa quinze flashes por segundo. Depois de dezoito ou dezenove, os padrões adquirem um tom branco e cinza. O porquê de vermos precisamente tais padrões sob a luz do estroboscópio não é algo conhecido. A explicação mais óbvia poderia ser em termos da interferência de dois ou mais ritmos — o ritmo da lâmpada e os vários ritmos da atividade elétrica do cérebro. Tais interferências podem ser traduzidas pelo centro visual e pelos nervos ópticos em algo do qual a mente se torna cônscia como sendo um padrão colorido e móvel. Muito mais difícil de explicar é o fato, observado independentemente por diversos experimentos, de que o estroboscópio tende a enriquecer e intensificar as visões induzidas por mescalina ou por ácido lisérgico. Eis, por exemplo, um caso que me foi relatado por um amigo médico:

Ele havia tomado ácido lisérgico e estava vendo, de olhos fechados, apenas padrões coloridos e móveis. Então sentou-se diante de um estroboscópio, acendeu a lâmpada e, imediatamente, aquela geometria abstrata foi transformada no que meu amigo chamou de "paisagens japonesas" de inigualável beleza. Mas como pode a interferência de dois ritmos produzir um arranjo de impulsos elétricos interpretáveis como uma paisagem japonesa viva e automodulada, diferente de qualquer coisa já vista, impregnado de luz e cores preternaturais, e carregado de uma significação igualmente preternatural? Esse mistério é um caso meramente particular de outro mistério, muito maior e mais abrangente — a natureza das relações entre experiências visionárias e o que acontece no nível celular, químico e elétrico. Ao tocar certas áreas do cérebro com um eletrodo bem fino, Penfield[26] pôde induzir a recordação de uma longa cadeia de memórias relacionadas a alguma experiência passada. Essa recordação não é apenas precisa em cada detalhe perceptivo; ela também está acompanhada de todas as emoções que foram trazidas à tona pelos acontecimentos quando estes originalmente ocorreram. O paciente que está sob anestesia local encontra-se simultaneamente em dois tempos e em dois lugares — na sala de operação, no presente momento, e na casa onde passou a infância, a centenas de quilômetros e milhares de dias para trás, no passado. Podemos questionar se há alguma área no cérebro da qual a sondagem do eletrodo pode suscitar os querubins de Blake ou a torre gótica autotransformadora e incrustada de joias de Weir Mitchell, ou até mesmo as adoráveis e indescritíveis paisagens japonesas do meu amigo. E se, como acredito, as experiências visionárias adentram nossa consciência de algum lugar "de fora" na infinidade da Mente Integrada, que tipo de padrão neurológico *ad hoc* é criado por elas para o cérebro que as recebe e as transmite? E o que acontece a esse padrão *ad hoc* quando a visão "acaba"? Por que todos os visionários insistem na possibilidade de recordar, em qualquer coisa que lembre sua forma e intensidade originais, suas experiências transfiguradoras? Quantas questões — e tão poucas respostas!

---

26 Wilder Graves Penfield (1891-1976), neurocirurgião e neurocientista canadense nascido em Washington. Autor de *O mistério da mente*. (N. E.)

APÊNDICE II

No mundo ocidental existem cada vez menos visionários e místicos. Há duas principais razões para isso — uma razão filosófica e uma razão química. No corrente estado do universo não há mais espaço para a experiência transcendental válida, bem fundamentada. Consequentemente, aqueles que tiveram o que encaram como experiências transcendentais válidas são vistos com suspeita, como lunáticos ou impostores. Ser hoje um místico ou visionário não traz mais crédito a ninguém.

Não é apenas nosso clima mental, no entanto, que se encontra desfavorável para o visionário e para o místico; há também nosso meio químico — um meio profundamente diverso daquele em que nossos antepassados viveram.

O cérebro é quimicamente controlado e a experiência mostra que pode ser permeável por aspectos supérfluos (biologicamente falando) da Mente Integrada ao modificarmos (biologicamente falando) a química normal do corpo.

Por quase seis meses de cada ano nossos ancestrais não comiam nenhuma fruta, nenhum vegetal verde, e (uma vez que era impossível alimentar mais do que apenas algumas cabeças de gado, porcos e aves durante os meses de inverno) muito pouca manteiga ou carne fresca, sem contar os pouquíssimos ovos. No início de cada primavera que se sucedia, muitos deles já estavam sofrendo, moderada ou mais agudamente, de escorbuto, devido à falta de vitamina C, e de pelagra, causada por escassez de complexo B em sua dieta. Os dolorosos sintomas físicos dessas doenças estão associados a alguns outros sintomas não menos angustiantes.

O sistema nervoso é mais vulnerável do que outros tecidos do corpo; consequentemente, deficiências de vitaminas tendem a afetar o estado da mente antes de afetar, pelo menos de uma maneira mais óbvia, a pele, os ossos, as membranas mucosas, os músculos e as vísceras. O primeiro resultado de uma dieta inadequada é uma diminuição da eficiência do cérebro como instrumento de sobrevivência biológica. A pessoa subnutrida tende a ser afetada por ansiedade, depressão, hipocondria, além de sensações de ansiedade. Ela também é mais suscetível a ter visões, pois quando a válvula redutora do cérebro tem sua eficiência reduzida, muito material inútil (biologicamente falando) flui para a consciência "de fora", na Mente Integrada.

Boa parte das experiências dos primeiros visionários foi aterradora. Para usarmos a linguagem da teologia cristã, o Diabo se manifestou em suas visões e em seus êxtases de maneira muito mais frequente do que Deus. Em uma época em que as vitaminas eram mais deficientes e a crença em Satã, universal, não é de surpreender. A angústia mental, associada a casos mesmo leves de pelagra e escorbuto, se intensificou com os temores de danação e com uma convicção de que os poderes do mal fossem onipresentes. Essa aflição podia tingir com sua cor propriamente escura o material visionário, admitido à consciência por uma válvula cerebral cuja eficiência houvesse sido prejudicada pela subnutrição. No entanto, e apesar tanto de suas preocupações com a punição eterna quanto das doenças que causavam deficiência, os ascetas espiritualmente mais dispostos frequentemente viam o paraíso e até mesmo podiam estar conscientes, ocasionalmente, daquele Uno divinamente imparcial em quem os polos opostos se reconciliam. Por um vislumbre de beatitude, por uma antecipação do conhecimento unitivo, nada disso teria preço. A mortificação do corpo pode produzir um hospedeiro de sintomas mentais indesejáveis, mas também pode abrir uma porta a um mundo transcendental do Ser, do Conhecimento e da Bem-Aventurança. É por isso que, apesar de suas óbvias desvantagens, quase todos os aspirantes à vida espiritual passaram, em algum momento, por cursos regulares de mortificação do corpo.

Em relação às vitaminas, todos os invernos medievais eram de um longo e involuntário jejum, seguido, durante a Quaresma, por quarenta dias de abstinência voluntária. A Semana Santa recebia os fiéis maravilhosamente bem preparados no que se refere à química do corpo, a seus tremendos incitamentos à dor e à alegria, ao remorso sazonal da consciência e a uma identificação autotranscendente com o Cristo ressurrecto. Durante esse período da maior agitação religiosa e da menor ingestão de vitaminas, êxtases e visões eram quase lugar-comum. Não poderia se esperar outra coisa.

Para os contemplativos enclausurados, havia muitas Quaresmas em um mesmo ano. E mesmo entre os jejuns sua dieta era sempre escassa ao extremo. Daí todas as agonias depressivas escrupulosamente descritas por tantos escritores espirituais; daí suas terríveis tentações ao desespero e ao automorticínio. Mas também daí as "graças gratuitas", em forma de visões e locuções celestiais, de percepções proféticas, de "discernimentos de espíritos" telepáticos. E daí, por fim, sua "contemplação infundida", seu "conhecimento obscuro" do Uno em todos nós.

O jejum não era a única forma de mortificação física de que os primeiros aspirantes à espiritualidade lançavam mão. Muitos deles se sacrificavam regularmente com um chicote de couro nodoso ou mesmo com correntes de ferro. Esses golpes eram o equivalente às cirurgias sem anestesia, e seus efeitos na química do corpo do penitente eram consideráveis. Grandes quantidades de histamina e adrenalina eram liberadas enquanto o chicote atingia o corpo; e quando as feridas resultantes começavam a supurar (como quase sempre acontecia com as feridas antes da era do sabão), diversas substâncias tóxicas produzidas pela decomposição da proteína atingiam a corrente sanguínea. Mas a histamina produz o choque, que afeta tanto a mente quanto o corpo. Ademais, grandes quantidades de adrenalina podem causar alucinações, e alguns dos produtos da decomposição são conhecidos por induzir sintomas parecidos com aqueles da esquizofrenia. Quanto às toxinas das feridas, essas desarranjam os sistemas de enzima que regulam o cérebro, diminuindo sua eficiência como instrumento para obter êxito em um mundo onde os mais aptos biologicamente sobrevivem. Isso pode explicar por que Cura d'Ars[27] costumava dizer que, no tempo em que ele era livre para se flagelar sem misericórdia, Deus nada lhe recusava. Em outras palavras, quando o remorso, um desprezo de si e o temor do inferno liberam adrenalina, quando a cirurgia autoinfligida libera adrenalina e histamina, e quando feridas infectadas liberam proteína em decomposição ao sangue, a eficiência do cérebro como válvula redutora diminui e aspectos desconhecidos da Mente Integrada (incluindo fenômenos psíquicos, visões e, se filosófica e eticamente preparado para isso, experiências místicas) irão fluir até a consciência do asceta.

A Quaresma, como vimos, vinha depois de um longo período de jejum involuntário. Analogamente, os efeitos da autoflagelação eram suplementados, mais antigamente, pela absorção involuntária de proteína em decomposição. A odontologia ainda não existia, cirurgiões eram executores e não havia nenhum antisséptico seguro. A maioria das pessoas, desse modo, deve ter passado sua vida com focos de infecções; e esses focos, ainda que já não sejam mais considerados a causa de *todas* as doenças das quais a carne é her-

---

27 João Maria Batista Vianney (1786-1859), sacerdote francês canonizado pela Igreja Católica. É o padroeiro dos sacerdotes. (N. E.)

deira, podem certamente diminuir a eficiência do cérebro como válvula redutora.

E qual a moral de tudo isso? Expoentes de uma filosofia mais contestadora poderão responder que, a partir do momento em que mudanças na química do corpo podem criar as condições favoráveis à experiência visionária e à experiência mística, essas experiências já não podem ser o que dizem ser — o que, para aqueles que as tiveram, elas evidentemente já o são. Mas isso, é claro, seria uma contradição.

Podem chegar a uma conclusão similar aqueles cuja filosofia é indevidamente "espiritual". Deus, eles insistirão, é um espírito e deve ser idolatrado como tal. Desse modo, uma experiência que é quimicamente condicionada não pode ser uma experiência do divino. Porém, de um jeito ou de outro, todas as nossas experiências são quimicamente condicionadas, e se imaginamos que algumas delas são puramente "espirituais", puramente "intelectuais", puramente "estéticas", é simplesmente porque nunca nos preocupamos em investigar o meio químico interno no momento de suas ocorrências. Mais ainda, trata-se de uma questão de registro histórico que muitos contemplativos se esforçaram sistematicamente para modificar a química de seu corpo, buscando criar condições internas favoráveis a uma introspecção espiritual. Quando não estavam passando fome com pouca taxa de açúcar no sangue e com deficiência de vitaminas, ou golpeando-se até chegar a uma intoxicação por histamina, adrenalina e proteína em decomposição, estavam cultivando a insônia e rezando por longos períodos em posições desconfortáveis, a fim de criar os sintomas psicofísicos do estresse. Nos intervalos eles entoavam seus salmos intermináveis, aumentando assim a taxa de dióxido de carbono nos pulmões e na corrente sanguínea, ou, no caso dos orientais, faziam exercícios de respiração para atingir o mesmo propósito. Hoje sabemos como diminuir a eficiência da válvula redutora cerebral por ação química direta e sem o risco de causar dano grave ao organismo psicofísico. Um místico aspirante regressar, no presente estado de conhecimento, de um jejum prolongado e de um violento autoflagelo seria algo sem sentido, tal qual um cozinheiro aspirante comportar-se como o chinês de Charles Lamb, que queimou a casa toda para assar um porco. Sabendo, como ele sabe (ou pelo menos pode saber, caso deseje), quais são as condições químicas da experiência transcendental, o místico aspirante deve buscar um auxílio técnico dos especialistas em farmacologia, bioquímica, fisiologia, neurologia, psicologia, psiquiatria e parapsicologia. E de sua parte, é claro, os especialistas (se algum deles aspirar a ser um homem genuíno da ciência e um ser humano completo) devem apelar, saindo de seus respectivos esconderijos, aos artistas, às sibilas, aos visionários, aos místicos — todos aqueles, resumidamente, que tenham tido alguma experiência com o Outro Mundo e que saibam, de maneiras distintas, o que fazer com essa experiência.

*

APÊNDICE III

Efeitos que se aproximam de visões e dispositivos indutores de visão tiveram papel predominante mais na cultura de entretenimento do que nas belas-artes. Fogos de artifício, rituais de ostentação, espetáculos teatrais — essas são as artes essencialmente visionárias. Infelizmente, elas também são artes efêmeras, cujas primeiras obras-primas nos são conhecidas apenas por relato. Nada permaneceu dos triunfos romanos, dos campeonatos medievais, das mascaradas jacobinas, da longa sucessão de empossamentos e coroações, de casamentos reais e de decapitações solenes, de canonizações e de funerais dos papas. O melhor que se pode esperar de tais magnificências é que elas possam "perdurar mais um pouco".

Um aspecto interessante dessas artes visionárias populares é sua forte dependência da tecnologia da época. A pirotecnia, por exemplo, nada mais era do que fogueiras (e até hoje, ouso acrescentar, uma boa fogueira em uma noite escura continua sendo um dos espetáculos transportadores mais mágicos existentes. Ao olhar para ela, pode-se entender a mentalidade do camponês mexicano que se põe a queimar meio hectare da terra em que vive para plantar seu milho e se vê em profundo deleite quando, por um feliz acidente, trezentos hectares começam a brilhar num incêndio apocalíptico). A verdadeira pirotecnia começou (pelo menos na Europa, se não na China) com o uso de combustível em cercos e batalhas navais. Daí passou, em seu devido tempo, para o entretenimento. A Roma imperial tinha suas exibições de fogos de artifício, alguns deles, mesmo no período do declínio, elaborados ao extremo. Eis a descrição de Claudiano da apresentação de Manlius Theodoras em 399 d.C.

> *Mobile ponderibus descendat pegma reductis*
> *inque chori speciem spargentes ardua flamas*
> *scaena rotet varios, et fingat Mulciber orbis*
> *per tabulas impune vagos pictaeque citato*
> *ludant igne trabes, et non permissa morari*
> *fida per innocuas errent incendia turres.*

"Que os contrapesos sejam removidos", Maurice Platnauer traduz com uma precisão de linguagem que faz justiça às extravagâncias sintáticas do original, "e que a grua móvel desça, baixando até o palco elevado os homens que, girando no sentido do coro, alastram as chamas. Que o vulcão cuspa bolas de fogo para que atinjam inocuamente as tábuas. Que as chamas surjam para jogarem-se sobre as falsas vigas do cenário e que uma tímida conflagração, incapaz de descansar, perca-se por entre torres intocadas."

Depois da queda de Roma, a pirotecnia tornou-se, mais uma vez, uma arte exclusivamente militar. Seu grande triunfo foi a invenção de Calínico, por volta de 650 d.C., do famoso fogo grego — uma arma secreta que permitia a um Império Bizantino cada vez mais fraco manter-se firme por mais tempo contra seus inimigos.

Durante o Renascimento, a pirotecnia entrou novamente no mundo do entretenimento popular. Com os avanços da química, ela se tornou mais e mais brilhante. Em meados do século XIX, atingiu um pico de perfeição técnica e era capaz de transportar, aos antípodas visionários das mentes, enormes multidões de espectadores que, quando em plena consciência, eram metodistas, puseístas, utilitaristas, discípulos de Mill ou Marx, de Newman ou Bradlaugh ou

Samuel Smiles. Na Piazza del Popolo, em Ranelagh ou no Crystal Palace, a cada Quatro ou Quatorze de Julho, o subconsciente popular era lembrado, através do brilho carmesim do estrôncio, do azul do cobre, do verde do bário e do amarelo do sódio, daquele Outro Mundo, lá embaixo, em um equivalente psicológico à Austrália.

Os rituais de ostentação são uma arte visionária que foi usada, desde tempos imemoriais, como instrumento político. A esplendorosa vestimenta dos reis, papas e de seus respectivos partidários, militares ou eclesiásticos, tem um propósito bastante prático: impressionar as classes mais baixas com um senso muito vívido da grandeza sobre-humana de seus mestres. Através de finas roupas e cerimônias solenes, a dominação *de facto* é transformada em uma regra não meramente de direito, mas positivamente de direito divino. As coroas, tiaras, a joalheria variada, o cetim, a seda, o veludo, os uniformes e as vestimentas berrantes, as cruzes e os metais, os cabos das espadas e os báculos, as plumas nos chapéus armados e em seus equivalentes clericais, os leques de penas que faziam cada solenidade papal parecer uma cena de *Aida* — tudo isso tinha propriedades indutoras de visão, concebidas para fazer todos os senhores e senhoras super-humanos parecerem heróis, semideuses, serafins, fornecendo, no processo, uma boa quantidade de prazer inocente tanto aos atores quanto aos espectadores ali envolvidos.

No curso dos dois últimos séculos, a tecnologia da iluminação artificial teve enorme progresso, contribuindo significativamente para a eficiência dos rituais de ostentação e para a arte intimamente ligada a eles, o espetáculo teatral. O primeiro avanço mais notável foi no século XVIII, com a introdução das velas de espermacete moldado no lugar das velas de sebo e dos cones de cera. Depois veio a invenção do pavio circular de Argand, com um suprimento interior para o ar assim como uma superfície externa para a chama. Chaminés de vidro rapidamente surgiram em seguida e tornaram possível, pela primeira vez na história, queimar óleo com uma luz muito brilhante sem gerar nenhuma fumaça. O gás de carvão foi primeiramente empregado como iluminador no começo do século XIX, e em 1825 Thomas Drummond descobriu uma maneira prática de aquecer a cal até a incandescência por meio da chama de gás de oxigênio e hidrogênio ou oxigênio e carvão. Enquanto isso, refletores parabólicos para concentrar a luz em um feixe estreito começaram a ser usados. (O primeiro farol inglês equipado com esse tipo de refletor foi feito em 1790.)

A influência dessas invenções sobre os rituais de ostentação e os espetáculos teatrais foi profunda. As primeiras cerimônias civis e religiosas só podiam acontecer durante o dia (e nos dias de tempo bom) ou, depois do pôr do sol, com a luz de lâmpadas esfumaçadas, tochas ou velas. As invenções de Argand e Drummond, o gás, a luz de carbureto e, quarenta anos mais tarde, a eletricidade tornaram possível evocar, do caos infinito da noite, riquíssimas ilhas de universos, em que o brilho do metal e das joias, o ardor suntuoso dos veludos e dos brocados eram intensificados ao ponto mais alto do que pode ser chamado de significação intrínseca. Um exemplo recente de um pomposo cerimonial antigo que, com a iluminação do século XX, elevou-se a um poder mágico muito mais alto foi a coroação da rainha Elizabeth II. No filme que foi feito do evento, um ritual de esplendor transportador foi salvo do esquecimento que, até hoje, sempre havia sido o destino de tais solenidades, preservando-o, ardendo preternaturalmente sob os holofotes, para o deleite de uma enorme audiência contemporânea e futura.

Duas artes distintas e separadas são praticadas no teatro — a arte humana do drama e a arte visionária, do Outro Mundo, do espetáculo. Os elementos dessas duas artes podem ser combinados em um único evento — com o drama sendo interrompido (como tanto acontece nas elaboradas peças de Shakespeare) para permitir à audiência aproveitar um quadro mais vivo em que os atores ora permanecem parados, ora, quando se movem, o fazem de um modo não dramático, cerimonialmente, de maneira solene, ou em uma dança formal. Nossa preocupação aqui não é o drama, mas sim o espetáculo teatral, que nada mais é do que um cerimonial sem conotações políticas ou religiosas.

Nas artes visionárias secundárias do figurino e do design de joias para peças teatrais, nossos ancestrais eram mestres consumados. E, por depender unicamente da força muscular, eles estavam muito aquém de nós na construção e na fabricação de toda a maquinaria da peça, no artifício dos efeitos especiais. Nas mascaradas elizabetanas e stuartianas, descidas divinas e irrupções demoníacas das coxias eram lugar-comum; assim eram os apocalipses e as metamorfoses mais espetaculares. Esbanjavam-se enormes quantidades de dinheiro nesses espetáculos. O Inns of Court, por exemplo, produziu uma peça para Charles I que custou mais de vinte mil libras, em um tempo em que o poder de compra da libra era seis ou sete vezes maior que o de hoje.

"A carpintaria", disse Ben Jonson[28] sarcasticamente, "é a alma da mascarada." Seu desprezo era motivado por ressentimento. Inigo Jones era pago para fazer o cenário com a mesma quantia que Ben recebia para escrever o libreto. O laureado ultrajado evidentemente não atentava ao fato de que a mascarada é uma arte visionária e que essa experiência vai muito além das palavras (à exceção de alguns dizeres de Shakespeare) e precisa ser evocada por uma percepção direta e não mediada das coisas que remetem o espectador ao que está acontecendo nos antípodas inexplorados da própria consciência pessoal. A alma da mascarada jamais podia ser, por sua própria natureza, um libreto jonsoniano; tinha de ser a carpintaria. No entanto, mesmo esta não podia ser a alma inteira da mascarada. Quando nos

---

28 Benjamin "Ben" Jonson (1572-1637), dramaturgo, poeta e ator inglês da Renascença, contemporâneo de Shakespeare. A citação é parte do poema "An expostulation with Inigo Jones". (N. E.)

vem de dentro, a experiência visionária é sempre preternaturalmente brilhante. Porém, os primeiros responsáveis pelos cenários não possuíam nenhum iluminador mais manejável e brilhante do que a vela. De perto, a chama de uma vela pode criar muitas luzes mágicas e sombras contrastantes. As pinturas visionárias de Rembrandt e de Georges de La Tour são de coisas e pessoas vistas à luz de velas. Infelizmente a luz obedece à lei do inverso do quadrado. De uma distância segura de um ator em uma roupa inflamável, as velas são completamente inadequadas. A alguns metros, por exemplo, seria necessária uma centena de cones de cera para produzir a iluminação efetiva de uma vela a uma distância de trinta centímetros. Com uma luz tão miserável, apenas uma fração das potencialidades visionárias da mascarada podia ser de fato realizada. É claro que essas potencialidades não se realizavam até que deixassem de existir em sua forma original. Foi apenas no século XIX, quando os avanços tecnológicos puderam equipar o teatro com a luz de carbureto e os refletores parabólicos, que a mascarada pôde se cristalizar. O reino vitoriano foi o período heroico das chamadas pantomimas de Natal e dos espetáculos fantásticos. *Ali Babá, O rei dos pavões, O ramo dourado, A ilha das joias* — os próprios nomes já são mágicos. A alma da fantasia teatral eram a carpintaria e a figuração; seu espírito interior, seu *scintilla animae*, era o gás, a luz de carbureto e, a partir do século XIX, a eletricidade. Pela primeira vez na história das encenações, feixes de incandescência brilhante transfiguravam o pano de fundo pintado, as roupas, o vidro e as bijuterias, a ponto de transportarem os espectadores ao Outro Mundo que reside no fundo de nossa mente, por mais perfeita que seja a adaptação das exigências do meio social — mesmo na Inglaterra vitoriana. Hoje estamos em uma posição privilegiada o suficiente para esbanjarmos meio milhão de cavalos de potência na iluminação noturna de uma metrópole. Ainda assim, apesar da desvalorização da luz artificial, o espetáculo teatral ainda mantém sua antiga e convincente magia. Encarnada em balés, no teatro de revista e em comédias musicais, a alma da mascarada continua a traçar seu caminho. Milhares de *watts* em lâmpadas e refletores parabólicos projetam feixes de luz preternatural, o que confere, a tudo o que toca, uma cor e uma significação preternaturais. Mesmo o espetáculo mais simples pode ser maravilhoso. Trata-se de um caso do Novo Mundo sendo chamado para reparar o equilíbrio do Velho — da arte visionária compensando as deficiências de um drama demasiado humano.

A invenção de Athanasius Kircher — se a atribuição for legítima — foi batizada primeiro de Lanterna Mágica. O nome foi adotado em todos os lugares como perfeitamente apropriado a uma máquina cujo material mais cru era a luz, e cujo produto final era uma imagem colorida emergindo da escuridão. Para tornar a lanterna mágica original ainda mais mágica, os sucessores de Kircher pensaram em alguns métodos para transmitir vida e movimento à imagem projetada. Havia slides cromotrópicos, em que dois discos de vidro pintado podiam ser girados em direções opostas, produzindo uma imitação muito crua, mas bastante eficaz, daqueles padrões perpetuamente tridimensionais visualizados por qualquer um que tenha tido uma visão, espontânea ou sob efeito de drogas, jejum ou por luz estroboscópica. E depois vieram aquelas "visões dissolventes", que remetiam o espectador às metamorfoses que ocorriam incessantemente nos antípodas da consciência mais cotidiana. Para transformar imperceptivelmente uma cena em outra, duas lanternas mágicas eram usadas, projetando imagens coincidentes na tela. Cada lanterna era equipada com um obturador, para que a luz de uma pudesse ser progressivamente ofuscada enquanto a luz da outra (originalmente obscurecida) era progressivamente acesa. Desse modo, a visão projetada pela primeira lanterna era insensivelmente substituída pela visão da segunda — para deleite e surpresa de todos os espectadores. Outro dispositivo era a lanterna mágica móvel, que projetava sua imagem sobre uma tela semitransparente, do lado mais afastado de onde sentava a audiência. Quando a lanterna era girada próxima à tela, a imagem projetada era muito pequena. Porém, quando afastada, a imagem se tornava progressivamente maior. Um dispositivo de foco automático mantinha as imagens que iam mudando nítidas e sem borrões a qualquer distância. A palavra "fantasmagoria" foi cunhada em 1802 pelos inventores desse novo tipo de espetáculo.

Todos esses aperfeiçoamentos na tecnologia das lanternas mágicas foram contemporâneos aos poetas e aos pintores do renascimento do Romantismo e podem talvez ter exercido certa influência em sua escolha de objetos e métodos ao tratá-los. "A rainha Mab" e "A revolta do islã", por exemplo, são cheios de visões dissolventes e fantasmagorias. As descrições de Keats[29] de cenas e pessoas, de interiores e mobília e efeitos de luz têm a intensa qualidade luminosa de imagens coloridas sobre uma tela branca em uma sala escura. As representações de Satã e de Belsazar de John Martin,[30] de seu céu e inferno, da Babilônia e do dilúvio são manifestamente inspiradas por slides de lanternas e de quadros vivos dramaticamente iluminados pela luz de carbureto.

O equivalente da lanterna mágica no século XX é o filme em cores. Nos enormes e caríssimos espetáculos, a alma da mascarada segue adiante — por vezes com certo tom vingativo, mas geralmente com o gosto e um sentimento real pela fantasia indutora de visões. Ademais, graças à tecnologia mais avançada, o documentário colorido provou-se ser, sob a mão de pessoas competentes, uma notável forma nova de arte visionária popular. As imensas flores de cacto no final de *O drama do deserto*, da Disney, dentro das quais o espectador se vê afundando, vêm diretamente do Outro Mundo. E que visões

---

29 John Keats (1795-1821), nome fundamental da poesia romântica inglesa. Influenciou diversos poetas das gerações seguintes. (N. E.)

30 John Martin (1789-1854) foi um pintor, gravurista e ilustrado romântico inglês. (N. E.)

transportadoras temos no melhor dos filmes sobre natureza, na folhagem ao vento, nas texturas rochosas e na areia, nas sombras e nas luzes das esmeraldas na grama ou entre os juncos, nas aves e insetos e criaturas de quatro patas em seu habitat, na vegetação rasteira ou entre os galhos das árvores nas florestas! Eis as paisagens em *close-up* mais mágicas que fascinaram os responsáveis pelos tapetes *mille-feuilles*, os pintores e jardineiros medievais e todas as cenas de caçadas. Eis os alargados e isolados detalhes da natureza viva da qual os artistas do Oriente Próximo tiraram algumas das mais belas de suas pinturas.

E há também o que pode ser chamado de Documentário Distorcido — uma estranha nova forma de arte visionária, admiravelmente exemplificada por Francis Thompson em *NY, NY*. Nesse curta-metragem tão belo quanto estranho, vemos a cidade de Nova York como ela aparece quando fotografada por múltiplos prismas, ou refletida nas costas de uma colher, calotas polidas, espelhos esféricos e parabólicos. Ainda conseguimos reconhecer casas, pessoas, fachadas de loja, mas as reconhecemos como elementos em uma daquelas geometrias vivas, tão características da experiência visionária. A invenção dessa nova arte cinematográfica parece ser um presságio (oxalá!) da superação e de uma morte prematura da pintura abstrata. Costumavam dizer os abstracionistas qua a fotografia colorida havia reduzido o retrato e a paisagem à moda antiga ao ranque dos absurdos mais inúteis. Evidentemente isso se revelou uma mentira. A fotografia colorida simplesmente registra e recorda, a partir de uma forma facilmente reproduzível, os materiais mais crus com que retratistas e pintores de paisagens trabalham. Usada como Thompson costumava usar, a cinematografia colorida faz muito mais do que simplesmente recordar e preservar os matérias mais crus da arte abstrata; ela de fato externaliza o produto final. Assistindo a *NY, NY*, surpreendeu-me ver que cada dispositivo pictórico inventado pelos Antigos Mestres da arte abstrata e reproduzido *ad nauseam* por acadêmicos e maneiristas da escola pelos últimos quarenta anos ou mais surge, vivo e brilhante, com intensa significação, nas sequências do filme de Thompson. Nossa habilidade de projetar um poderoso feixe de luz não apenas nos permitiu criar novas formas de arte visionária, mas também endossou uma das artes mais antigas, a da escultura, com uma nova qualidade visionária que ela não possuía previamente. Comentei, em um parágrafo anterior, os efeitos mágicos produzidos pela iluminação de monumentos antigos e objetos naturais. Efeitos análogos são vistos quando viramos os holofotes para a pedra esculpida. Füssli[31] teve a inspiração para algumas de suas melhores e mais ousadas ideias pictóricas ao estudar as estátuas de Monte Cavallo à luz do sol que se punha ou, melhor ainda, quando iluminado por relâmpagos à noite. Hoje dispomos de raios de sol e de luz sintética. Podemos iluminar nossas estátuas de quaisquer ângulos que escolhamos e com praticamente qualquer grau desejado de intensidade. A escultura, por consequência, tem revelado novos significados e belezas insuspeitas. Visite o Louvre à noite, quando as antiguidades gregas e egípcias estão assim iluminadas. Você encontrará novos deuses, ninfas e faraós, e conhecerá de perto, a cada refletor que a ilumina, a cada quadrante de visão, uma família completamente nova e desconhecida de *Vitórias de Samotrácia*.

O passado não é algo fixo e inalterável. Seus fatos são redescobertos por cada geração que se sucede, seus valores são reavaliados, seus sentidos redefinidos no contexto dos gostos e preocupações atuais. A partir dos mesmos documentos, monumentos e obras de arte, cada época inventa sua própria Idade Média, sua China privada, seu Hélade patenteado e sob direitos autorais. Hoje, graças aos recentes avanços na tecnologia da iluminação, podemos ir muito

---

31 Johann Heinrich Füssli (1741-1825), pintor suíço. Alguns de seus trabalhos mais conhecidos são *O pesadelo*, de 1782, e *As três bruxas de Macbeth*, de 1783. (N. E.)

além de aonde nossos predecessores chegaram. Não apenas reinterpretamos as grandes obras esculturais que nos foram legadas pelo passado, como também tivemos êxito em alterar a aparência física dessas obras. As estátuas gregas, tais quais as vemos iluminadas por uma luz que nunca brilhou na terra ou no mar, e então fotografadas em uma série de *close-ups* fragmentados a partir dos ângulos mais variados, não carregam nenhuma semelhança com as estátuas gregas vistas pelos críticos de arte e pelo público em geral nas estreitas galerias e nas gravuras decorosas do passado. O objetivo do artista clássico, não importa o período em que tenha vivido, é conceder certa ordem ao caos da experiência, apresentar uma imagem compreensível e racional da realidade em que todas as partes são claramente expostas e coerentemente relacionadas, para que o espectador saiba (ou, para ser mais preciso, que imagine que saiba) precisamente o que é o quê. Para nós, esse ideal de ordem racional não tem mais apelo. Consequentemente, quando somos confrontados com obras de arte clássicas, usamos todos os meios em nosso poder para fazê-las parecer algo que não são e nunca eram para ser. De uma obra cujo objetivo principal é sua unidade de concepção, selecionamos uma única característica, focamos nossos holofotes nela e a forçamos, fora de todo o contexto, até chegar à consciência do observador. Onde um contorno parece contínuo demais, compreensível e óbvio demais, o quebramos ao alternar sombras impenetráveis com fragmentos de brilho ofuscante. Quando fotografamos uma figura ou um grupo escultural, usamos a câmera para isolar uma parte que queiramos exibir em uma independência enigmática do seu todo. Por tais meios, podemos desclassicizar o clássico mais austero. Sujeito ao tratamento de luz e fotografado por um fotógrafo experiente, um Fídias se torna uma peça de expressionismo gótico, um Praxíteles vira um fascinante objeto surrealista, dragado das profundezas mais lamacentas do subconsciente. Isso pode ser uma péssima história da arte, mas certamente é muito divertido.

APÊNDICE IV

Pintor primeiramente do duque de sua nativa Lorena e depois do rei da França, Georges de La Tour foi visto, ainda em vida, como o grande artista que de fato era. Com a ascensão de Luís XIV ao poder e com o surgimento — e seu deliberado cultivo — de uma nova Arte de Versalhes, aristocrática em seus objetos e lucidamente clássica em seu estilo, a reputação desse homem outrora tão famoso eclipsou-se tanto que, em menos de duas gerações, seu próprio nome já havia sido esquecido e as pinturas que lhe restaram acabaram sendo atribuídas a Le Nains, Honthorst, Zurbarán, Murillo e até mesmo a Velázquez. A redescoberta de La Tour começou em 1915 e completou-se virtualmente em 1934, quando o Louvre organizou uma notável exibição dos "Pintores da Realidade". Ignorado por quase três séculos, um dos maiores pintores franceses retornara para cobrar seus direitos.

Georges de La Tour foi um dos visionários mais extrovertidos, cuja arte reflete fielmente certos aspectos do mundo do lado de fora, mas também os reflete em um estado de transfiguração, para que cada particularidade mais mínima se torne intrinsecamente significativa, uma manifestação do absoluto. A maior parte de suas composições são figuras vistas pela luz de uma única vela. Uma única vela, como Caravaggio e os espanhóis nos mostraram, pode dar corpo a efeitos teatrais dos mais impressionantes. Mas La Tour não se interessava por tais efeitos. Não há nada dramático em suas obras, nada trágico, patético ou grotesco, nenhuma representação de ação, nenhum apelo ao tipo de emoção que faz as pessoas irem ao teatro para sentirem-se excitadas e então agradadas. Seus personagens são essencialmente estáticos. Eles nunca estão fazendo nada; estão simplesmente ali do mesmo modo que ali estão um faraó de granito, ou um *Bodhisattva* do Khmer, ou um anjo de pé chato de Piero. E a vela individual é usada, em todos os casos, para reiterar essa presença impessoal, intensa, porém sem excitação. Ao expor coisas comuns sob uma luz incomum, sua chama torna manifesto o mistério da vida e a maravilha inexplicável da própria existência. Há tão pouca religiosidade nas pinturas que em muitos casos é impossível decidir se estamos diante de uma ilustração da Bíblia ou de um estudo de modelos à luz de velas. Seria a *Natividade* em Rennes *a* natividade ou apenas *uma* natividade? E a imagem de um velho homem deitado observado por uma jovem mulher seria apenas isso? Ou São Pedro na prisão recebendo a visita do anjo mensageiro? Não há como dizer. Porém, ainda que a arte de La Tour seja inteiramente destituída de religiosidade, ela permanece profundamente religiosa, no sentido de que revela, com uma intensidade sem igual, a onipresença divina.

    Devemos acrescentar ainda que, como homem, esse grande pintor da imanência de Deus parece ter sido um homem orgulhoso, difícil, intoleravelmente arrogante e avarento. O que nos mostra, ainda mais, que nunca há uma correspondência de via única entre o trabalho de um artista e seu caráter.

APÊNDICE V

Vuillard geralmente pintava interiores, mas por vezes também jardins. Em algumas poucas composições ele conseguiu combinar a mágica da propinquidade com a mágica do remoto ao representar o canto de uma sala onde se encontra, apoiada ou pendurada, uma de suas próprias, ou de outra pessoa, representações de vistas mais distante de árvores, montanhas e do céu. É um convite para aproveitar o máximo destes dois universos, o telescópico e o microscópico, em uma única mirada.

Dos outros, consigo pensar apenas em umas pouquíssimas paisagens de artistas europeus modernos. Há um *Thicket* muito estranho, de Van Gogh, no Metropolitan, em Nova York. Há um maravilhoso *Dell in Helmingham Park*, de Constable, no Tate. Há outro quadro, este ruim, a *Ofélia*, de Millais, que é mágica, apesar de todo o resto, por suas imbricações de tons verdes e veranis vistos do ponto de vista, muito próximo, de um rato-d'água. E me lembro de um Delacroix, vislumbrado já há algum tempo em alguma casa de penhores, com a casca de uma árvore e suas folhas e flores pintadas bem de perto. Claro que deve haver outros, mas ou eu me esqueci ou nunca os vi. De todo modo, não há nada no Ocidente comparado às representações chinesas e japonesas da natureza de um ponto próximo. Um borrifar de ameixas em flor, quase meio metro de caule de bambu com suas folhas, chapins e tentilhões vistos a não mais que à distância do comprimento de um braço estendido através da folhagem, todos os tipos de flores e folhas, de aves, peixes e pequenos mamíferos. Cada uma dessas pequenas vidas está representada como o centro de seu próprio universo, como propósito, em sua própria apreciação, pelo qual este mundo e tudo o que há nele foi criado; cada elemento emite sua própria e específica declaração individual de independência do imperialismo humano; cada elemento, por uma implicação irônica, escarnece de nossas pretensões absurdas de formular regras meramente humanas para a condução do jogo cósmico; cada elemento repete a tautologia divina: eu sou o que sou.

A natureza a uma distância média nos é familiar — tão familiar que somos iludidos a acreditar que realmente conhecemos tudo o que ali está. Vista de muito perto, ou de muito longe, ou de um ângulo inesperado, ela parece inquietantemente estranha e maravilhosa além de qualquer compreensão. As paisagens em *close-up* da China e do Japão são demonstrações variadas de que Samsara e Nirvana são um só, de que o Absoluto se manifesta em todos os aspectos. Essas grandes verdades metafísicas, ainda que pragmáticas, foram expressas por artistas zen do Extremo Oriente de maneira diferente. Todos os objetos a curta distância foram representados em um estado de desconexão sobre um papel ou uma seda em branco. Assim isoladas, essas representações efêmeras tomam a forma de uma absoluta "coisa em si mesma". Os artistas ocidentais usaram essa estratégia quando pintaram figuras sagradas, retratos e, por vezes, objetos naturais à distância. *O moinho*, de Rembrandt, e os *Ciprestes*, de Van Gogh, são exemplos de paisagens de longa distância em que um único elemento foi tornado absoluto por isolamento. O poder mágico de muitas gravuras, pinturas e desenhos de Goya pode ser explicado pelo fato de que suas composições quase sempre apresentam poucas silhuetas ou mesmo uma única silhueta vista contra um fundo branco. Esses formatos em silhueta possuem uma qualidade visionária de significação intrínseca, elevada pelo isolamento e pela desconexão com a intensidade preternatural.

Na natureza, como na obra de arte, o isolamento de um objeto tende a revesti-lo com seu estado absoluto, para dotá-lo com aquele significado mais do que simbólico, idêntico ao ser.

> *Mas há uma árvore — de muitas, apenas uma —*
> *Um único campo para o qual me virei para olhar:*
> *Ambos falam de algo que já havia muito partira*

O algo que Wordsworth não podia mais ver era "o brilho visionário". Esse brilho, bem me lembro, e a significação intrínseca eram as propriedades de um carvalho solitário que podia ser visto do trem, entre Reading e Oxford, crescendo do cimo de um pequeno monte em uma enorme extensão de terra, e em forma de silhueta contra o pálido céu do norte do país.

Os efeitos do isolamento combinado à proximidade podem ser estudados, em toda a sua estranheza mágica, em uma pintura extraordinária do século XVII de um artista japonês, que era também um famoso espadachim e estudante do zen-budismo. Representa um picanço empoleirado bem na ponta de um galho esperando alguma coisa, sem muito propósito, mas em um estado da mais alta tensão. Acima, abaixo e por toda a volta não há mais nada. O pássaro emerge do Vazio, daquele estado eterno sem nome e sem forma, a própria substância deste universo variado, concreto e transitório. O picanço no galho sem folhas é parente direto do tordo invernal de Hardy.[32] Porém, enquanto o tordo vitoriano insiste em nos ensinar algum tipo de lição, a ave do Extremo Oriente está contente simplesmente em existir, em estar intensa e absolutamente livre.

---

32 Thomas Hardy (1840-1928), novelista e poeta inglês. Autor de obras de grande importância e de tom pessimista, como *Judas, O Obscuro*. Huxley se refere ao poema "The darkling thrush". (N. E.)

APÊNDICE VI

Muitos esquizofrênicos passam a maior parte de sua vida não na Terra nem no céu, tampouco no inferno, mas em um mundo cinzento e assombrado de fantasmas e irrealidades. O que é verdade para esses psicóticos é verdade, de certo modo, para certos neuróticos afligidos por uma forma mais leve de doença mental. Recentemente tornou-se possível induzir esse estado de existência fantasmática ao se administrar uma pequena dose de um dos derivativos da adrenalina. Para os vivos, as portas do céu, do inferno e do limbo são abertas não por grandes chaves de metal, mas pela presença no sangue de um grupo de componentes químicos e pela ausência de outro grupo. O mundo assombrado habitado por alguns esquizofrênicos e neuróticos lembra um pouco o mundo dos mortos, como descrito em algumas das tradições religiosas mais antigas. Como espectros no Sheol, e no Hades de Homero, essas pessoas com distúrbios mentais perderam contato com a matéria, a língua e os seres humanos. Eles não têm um propósito na vida e são condenados à ineficácia e à solidão, e a um silêncio quebrado apenas pelos ruídos sem sentido dos fantasmas.

A história das ideias escatológicas marca um progresso genuíno — um progresso que pode ser descrito por termos teológicos na passagem do Hades para o paraíso, por termos químicos na substituição da adrenolutina por mescalina e ácido lisérgico, e por termos psicológicos na transição da catatonia e da sensação de irrealidade para uma sensação de realidade elevada na visão e, por fim, na experiência mística.

APÊNDICE VII

Géricault foi um visionário negativo; ainda que sua arte tenha sido obsessivamente fiel à natureza, foi fiel a uma natureza que havia sido magicamente transfigurada, em sua percepção e em sua representação, para pior. "Começo a pintar uma mulher", disse uma vez, "mas sempre termina como um leão." Mais frequentemente, terminava de fato como algo muito menos amigável que um leão — um cadáver, por exemplo, ou um demônio. Sua obra-prima, a prodigiosa *Balsa da Medusa*, foi pintada não da vida, mas da dissolução e do declínio — dos pedaços de cadáveres cedidos por estudantes de medicina, do torso emagrecido e da face com ictericias de um amigo que estava sofrendo de uma doença do fígado. Mesmo as ondas pelas quais a balsa flutua, mesmo o céu arquejante são salpicados de cadáveres. Como se todo o universo tivesse se tornado uma sala de dissecação.

Temos também suas obras demoníacas. *A corrida de cavalos* obviamente se passa no inferno, contra um fundo tomado por uma escuridão enorme. *O cavalo assustado por um raio*, na National Gallery, é a revelação, em um momento preciso, da estranheza, do sinistro, e mesmo da alteridade infernal que se esconde em coisas tão familiares. No Metropolitan, há um retrato de uma criança. E que criança! Em sua jaqueta tetricamente brilhante, a pequena figura é o que Baudelaire chamaria de "rebento de Satã", *un Satan en herbe*.

E o estudo de um homem nu, também no mesmo Metropolitan, nada mais é do que aquele rebento de Satã já mais crescido.

Dos relatos que seus amigos deixaram sobre ele, é evidente que Géricault habitualmente via o mundo ao seu redor como uma sucessão de apocalipses visionários. O cavalo empinado de seu *Officier de chasseurs* foi visto uma manhã, na estrada para Saint-Cloud, no brilho empoeirado do sol de verão, levantando-se e mergulhando entre os eixos de uma diligência. Os personagens da *Balsa da Medusa* foram pintados com riqueza de detalhes, um a um, na tela ainda virgem. Não houve nenhum rascunho da composição como um todo, nenhuma construção gradual de uma harmonia integral de tonalidades. Cada revelação em particular — de um corpo em decomposição, de um homem doente no extremo mais terrível de sua hepatite — foi reproduzida como é vista e artisticamente realizada. Por um milagre de gênio, cada apocalipse sucessivo foi feito para encaixar-se, profeticamente, em uma composição harmoniosa que existiu, quando a primeira das espantosas visões foi transferida para a tela, apenas na imaginação do artista.

APÊNDICE VIII

No livro *Sartor Resartus*, Carlyle[33] deixou o que seu biógrafo psicossomático, dr. James Halliday, chama (em *Mr. Carlyle, my patient*) de "uma incrível descrição de estado mental psicótico altamente depressivo, porém parcialmente esquizofrênico".

"Os homens e as mulheres ao meu redor", escreve Carlyle, "mesmo falando comigo, nada mais eram do que Figuras; eu praticamente havia esquecido que eles estavam vivos, que eles não eram meramente autômatos. A amizade era tudo menos uma tradição crível. Pelas ruas repletas de gente e entre grandes grupos eu andava de maneira sempre solitária e (com a exceção de que era o meu próprio coração, não o de outrem, que eu insistia em devorar) selvagem como um tigre na floresta. Para mim o universo era vazio de vida, de sentido, de volição, mesmo de hostilidade; era apenas uma máquina a vapor enorme, morta, imensurável, transitando por sua própria indiferença, moendo-me de galho em galho. Sem esperanças, nada temia, nem o Homem nem o Diabo. Ainda assim, por mais estranho que pareça, eu vivia em um temor contínuo, indefinido, e que me consumia pouco a pouco, de não sei o quê, trêmulo, pusilânime, apreensivo; como se todas as coisas nos céus acima de mim

---

33 Thomas Carlyle (1795-1881), escritor, historiador, professor e polêmico ensaísta social inglês. (N. E.)

e na Terra aqui embaixo pudessem me machucar; como se os céus e a Terra fossem enormes mandíbulas de um monstro devorador, onde eu, oscilante, esperava para ser devorado."

Renée e o idólatra dos heróis estão evidentemente descrevendo o mesmo tipo de experiência. O infinito é apreendido por ambos, mas na forma do "Sistema", da "imensurável máquina a vapor". Para ambos, reitero, tudo é significativo, mas negativamente significativo, a ponto de todo evento ser completamente desprovido de sentido; todo objeto, intensamente irreal; todo autodenominado humano, um boneco de corda, grotescamente caminhando de trabalho em trabalho, de lazer em lazer, amando, odiando, pensando, sendo eloquente, heroico, santo, o que se queira — os robôs não são nada se não forem versáteis.

Posfácio

NOVO, MAS NEM TÃO ADMIRÁVEL[1]
Sidarta Ribeiro

Uma morte preparada para ser um acontecimento global, um episódio deliberadamente público: parece ter sido assim com Aldous Huxley (1894-1963). O escritor inglês agonizava em estágio terminal de câncer quando tomou nas mãos uma caneta e um pedaço de papel. Aquilo que à primeira vista se mostrou uma confusão de rabiscos era um pedido. Uma nota simples, quatro palavras: "LSD intramuscular 100 microgramas".

A mulher de Huxley, Laura, olhou para ele e voltou a fitar o papel. Decidiu não aceitar a ajuda de um médico; buscou seringa, agulha e ampola. Aplicou a injeção. Algum tempo depois, repetiu o processo. Ao lado da cama, ela viu as horas passarem. Durante todo o tempo, o autor de *Admirável mundo novo* e *As portas da percepção* esteve sereno, até que, nas palavras dela, "assumiu um semblante muito belo e morreu".

Assim, o decesso de Huxley, com o auxílio da dietilamida do ácido lisérgico, parece ter sido planejado para afirmar a promessa psicodélica de um futuro melhor, tanto na vida quanto na morte. Um futuro hipertecnológico de criatividade máxima a favor da humanidade,

---

[1] Este texto foi originalmente publicado no caderno Ilustríssima, do jornal *Folha de S. Paulo*, em 12 de janeiro de 2014. Em 2015, foi incluído no livro *Limiar*, da editora Vieira & Lent, que reúne artigos e crônicas de Sidarta Ribeiro sobre temas contemporâneos.

utopia neomarxista de tempo livre para fruir a existência na arte, no esporte e na ciência.

Isso tudo a partir de uma substância serotonérgica não aditiva, apenas sintetizada por humanos, capaz de alterar a consciência de forma contundente mesmo em doses diminutas, mil vezes menores do que as encontradas em compostos alucinógenos produzidos por fungos e vegetais. Todos eles de ação tão poderosa sobre a mente que recebem o nome de enteógenos, aqueles que "manifestam o divino internamente".

Os planos de Huxley, no entanto, se frustraram. No mesmo dia, em Dallas, John F. Kennedy seria assassinado, e o ato final lisérgico do escritor inglês daria lugar nas manchetes à comoção nacional, teorias conspiratórias, a imagem de um tiro mil vezes repetida.

Em 1963, ano da morte de Huxley, o uso do LSD, sintetizado, em 1938, pelo cientista suíço Albert Hofmann (1906-2008), estava começando a se disseminar. Ainda estava por vir o psicodelismo que culminaria no "Summer of Love", em 1967. Mas a despeito das mudanças nos costumes, imperava a mesma política do último bilhão de anos: a lei da selva, bombas e mais bombas sobre o Mekong.

A revolução psicodélica vislumbrada por Hofmann e Huxley ainda está por se cumprir. Somos prisioneiros de instintos que vêm de um passado remoto, comportamentos selecionados ao longo de inúmeras gerações, sem os quais nossos ancestrais não teriam sobrevivido e prevalecido: violência para fora do grupo e solidariedade para dentro. Sentir que a vida é luta constante, que somos "nós contra eles", é a base mais antiga de nosso sucesso como espécie. Evoluímos na escassez de tudo, capazes de devorar e extinguir a megafauna do pleistoceno — nem mesmo os mamutes tiveram chance contra os caçadores famélicos que certamente disputaram a pedradas o alimento que escasseava.

A guerra, portanto, foi inevitável desde o início dos tempos. Quem não foi brutal, excludente e coercitivo com "os de fora" pereceu.

Entretanto, evoluiu ao mesmo tempo um depurado amor ao próximo, com o refinamento da "teoria da mente", isto é, a capacidade de presumir e simular a mente alheia, cerne da empatia que mantém os grupos cooperativos e coesos. Sem tal capacidade empática a espécie tampouco teria sobrevivido.

Em paralelo a esses instintos, evoluía nossa capacidade de sonhar. Se todos os mamíferos sonham, foi entre nós, humanos, que a capacidade biológica de remodelar memórias se transformou numa arte mística de acúmulo cultural. De enorme importância na Antiguidade, o vislumbre do amanhã com base no ontem, nas nossas experiências da vigília, tão especialmente propiciada pelos sonhos, deixou nos textos mais arcanos as marcas abundantes da crença em realidades paralelas.

Foi só o começo. Quanto tempo terá se passado até que nossos ancestrais desenvolvessem a capacidade de, mesmo despertos, imaginarem o futuro com base no passado, em escala que vai de minutos a décadas? Bem próxima da capacidade de "sonhar dormindo", a capacidade de "sonhar acordado" pode ter surgido como invasão onírica da vigília.

Foi nesse período, regido por uma mentalidade ainda bem diferente da nossa, que deve ter começado a se disseminar culturalmente a ingestão de substâncias químicas para sonhar acordado e "ter clarões". O consumo acidental de extratos vegetais ou animais deu lugar ao experimentalismo dos xamãs, início da medicina. O uso de psicodélicos para vislumbrar mistérios é prática mais antiga do que os ritos secretos de Elêusis.

E isso não é tudo. Na hipótese do psicólogo americano Julian Jaynes (1920-1997) sobre a emergência da consciência humana, até três mil anos atrás nossos ancestrais eram semelhantes a esquizofrênicos, "autômatos" movidos por necessidades básicas, sem muitas memórias do passado ou planos elaborados para o futuro, mas capazes de ouvir vozes "externas" de comando, elogio ou censura.

Há evidências arqueológicas e históricas de que nossos antepassados nessa época eram regidos por certas "vozes dos deuses". Divindades que não eram espíritos desencarnados ou entidades do mundo extrafísico, mas sim lembranças concretas: memórias auditivas das vozes dos reis mortos interpretadas como prova irrefutável de vida após a morte, alucinações vívidas capazes de comandar os atos dos indivíduos segundo os preceitos da experiência ao longo dos séculos. Orientados por tais vozes, os faraós — verdadeiros e psicóticos deuses vivos — ordenavam plantar, colher, guerrear, escravizar e sobretudo, notavelmente, erigir colossais montanhas artificiais para nelas habitarem após a morte. Segundo Jaynes, nossa consciência deriva da fusão das vozes dos deuses (passado e futuro) com a voz do autômato (presente), gerando um ego reflexivo que dialoga permanentemente consigo próprio.

Não estamos tão distantes dos hominídeos primitivos concebidos por Stanley Kubrick e Arthur C. Clarke em *2001: Uma Odisseia no Espaço*. Percorremos em poucos milhões de anos o caminho que vai do *Homo* ao *sapiens sapiens*, em bandos cada vez maiores, de dezenas a centenas e logo milhões de pessoas unidas por línguas e bandeiras, em guerras cada vez maiores e piores mas também, é importante dizer, cada vez mais críticas em relação a um mundo em que o instinto de acumulação — de alimento, no princípio — virou cobiça, avareza e usura.

E agora essa novidade: todos. Depois da internet: todos nós. O capitalismo vertiginoso criando as ferramentas para que paz e guerra se generalizem, o poder máximo de um e de todos, potencial para que não reste ninguém "de fora". Todos "dentro" no mesmo planeta, gente, gente e mais gente.

A aceleração da história e o paroxismo de tantos absurdos parecem uma alucinação. Pense nos engarrafamentos abomináveis que tomaram de assalto as cidades do Brasil. Serão reais esses cortejos estáticos e metálicos de 50 km em lugar que há tão pouco tempo foi uma aprazível vila à beira rio? Quando será o primeiro engarrafamento que vai durar uma semana inteira? Isso é viver? Pingue o colírio alucinógeno quem souber a resposta.

Desequilíbrio é a norma. O modelo econômico é crescer a qualquer custo. Crescer para onde? Para quê? Até quando? Tudo que tocamos vira lixo, embalagens e mais embalagens de coisas cada vez mais efêmeras. Como aceitar as hidrelétricas da Amazônia, pirâmides faraônicas em solo pobre, a maldição do assoreamento dos leitos de rio, conspurcação de flora, fauna e gente? O *bulldozer* avança para dar às empreiteiras, mineradoras e madeireiras o que elas mais querem. Os guerreiros munduruku, que por séculos se adaptaram como puderam ao homem branco, hoje enfrentam a construção de Belo Monte com o destemor das causas impossíveis, sabendo que as menos midiáticas hidrelétricas do Tapajós são as próximas da lista.

Quão perto estamos da traição histórica dos índios do Xingu, cinquenta anos depois do pacto negociado pelos irmãos Villas Bôas? "Se deixarem suas terras, migrarem para bem longe e se reunirem diversas etnias num parque apenas, bem longe da civilização, aí estarão em paz." Engano? Vamos cimentar a floresta para gerar energia e enviar *commodities* para a China vender ao mundo mais badulaques e carros descartáveis? O genocídio dos Guarani-Kaiowá, a morte do rio Xingu. Para quê, mesmo?

Vivemos uma crise de confiança no progresso. A própria ciência perde lastro ao se pós-modernizar, cada vez mais contaminada pelos conflitos de interesse do mercado. Fármacos vendidos como panaceias pelas maiores empresas do ramo têm sua eficácia questionada, ao mesmo tempo em que se verifica que seus efeitos colaterais foram subestimados por vieses comerciais nos estudos que originalmente firmaram seu valor clínico.

O ideário do lucro corrompe a medicina, sem poupar a pesquisa básica que sempre se julgou em torre de marfim. As revistas científicas de máximo prestígio, fiéis da balança na distribuição de recursos, abrigam cada vez mais exageros, sensacionalismos, fraudes e shows midiáticos. Quem se lembra do Dr. Hwang Woo-suk, o barão de Münchhausen coreano que fingiu, em plena capa da revista *Science*, clonar células-tronco embrionárias humanas? Terá saído pela culatra a popularização da ciência em jornais e revistas, consumidas por leigos como produto embrulhado em marketing na mesma prateleira da fofoca e da novela? O pão e circo das novas arenas esportivas prenuncia a futebolização da pesquisa e a descorporificação da própria vida, pretensão de "libertar o cérebro do corpo".

Para entender a doença dessa civilização hipertecnológica é preciso imaginar seu devir. Talvez ninguém tenha antevisto tão claramente os dilemas existenciais e éticos do futuro quanto os escritores Philip K. Dick e William Gibson em seu "cyberpunk", gênero da ficção científica que mescla elementos de história policial, filme noir e prosa pós-moderna. Em seus livros, conceberam não apenas os problemas da interação com máquinas que imitam pessoas — que remetem aos capciosos robôs asimovianos ou ao ardiloso computador Hal 9000 criado por Clarke e Kubrick —, mas também questões que envolvem o que podemos chamar de pessoas-máquina, híbridas em percepção, ação e sobretudo afeto. Seres meio carne, meio plástico, misturas de fios e nervos que documentam seu entorno com olhos que tudo filmam e repassam para redes de usuários em tempo real.

Não falta muito para isso, com câmeras de vigilância em cada esquina, celulares onipresentes e óculos google. O fim dos segredos seria a premissa para o fim da violência, como imaginou Wim Wenders em seu *O fim da violência* (1997)? Ou nos tornaremos apenas e cada vez mais decrépitos *voyeurs* da dor e do prazer alheios, peões em sociedades de vigilância e controle, reféns da "transparência" e do monitoramento constante do governo, indivíduos e corporações?

Em *Neuromancer*, de Gibson, uma máquina consciente controla uma poderosa corporação a serviço de velhos plutocratas, mantidos em animação suspensa e despertados periodicamente apenas para dar diretrizes e logo serem novamente submetidos à criopreservação, a fim de envelhecer o menos possível. No mundo real, o controle de moléculas como as telomerases, que regulam o envelhecimento celular, aponta para um futuro em que mesmo pessoas muito idosas poderão habitar corpos novos. Pessoas transgênicas cuja idade não se revelará nos traços externos — uma extensão da lógica de seleção artificial que serve de base à agricultura e pecuária atuais.

Nesse percurso que coisifica os seres, respiramos uma atmosfera de crescente massificação ideológica, necessária à sustentação de tamanha desigualdade de oportunidades. Catadupas de dinheiro gasto em campanhas eleitorais, pesquisas qualitativas orientando o governo, a versão mais importante do que o fato. Do outro lado, rizomas, gretas no muro, resistência ninja e *leaks* de toda ordem.

O *cyberpunk* é nossa Cassandra e com suas visões apocalípticas teremos que lidar. Os *blackblocs* anticapitalistas hoje encaram a concretude da violência e o perigo que isso encerra, pois o Estado tem a violência em seu DNA. A videogamezação do mundo já permite matar de longe como se fosse brincadeira. Em breve, a polícia não vai mais enfrentar o conflito social, vão mandar drones. E os adolescentes do outro lado da trincheira terão ainda mais razões para se revoltar.

Precisamos encarar os fatos: não haverá paz enquanto não houver piso e teto para a riqueza. Por que alguém quer ser bilionário? A ganância é uma doença, persistência perversa do instinto da acumulação quando ele já se tornou obsoleto e deletério. A atitude antes prudente mas agora patológica do "quanto mais melhor", levando à pulsão de acumulação infinita, pode destruir a espécie ou criar espécies diferentes de humanos: os ricos e os pobres. Desde a revolução verde de sementes e fertilizantes, há cerca de meio século, já existem condições técnicas para que se distribua comida para todos. Deveria ser o fim da guerra, início da era em que os instintos da acumulação e da violência já não são adaptativos. Mesmo assim, os mais ricos continuam a querer acumular. E ficam honestamente ofendidos quando isso é questionado. Somos vítimas de um conflito de instintos: a acumulação abusiva contra o redentor amor ao próximo.

É justamente nessa disjuntiva que o tema dos psicodélicos recobra sua atualidade. De um lado, como antecipado por Philip K. Dick, o problema do proibicionismo. O cidadão comum vive na mais espessa ignorância no que diz respeito aos efeitos, doses e grupos de risco das drogas consideradas ilícitas, sem falar no pesadelo permanente da criminalização e do castigo, certamente a causa maior da paranoia por parte dos usuários. O mercado negro retratado por Dick em *Minority Report* antecipa o medo e a insalubridade como consequências lógicas do proibicionismo.

E isso não é tudo, pois a multifacetação psicodélica da consciência se mescla à identidade incerta da internet. O *scramblersuit* descrito no livro *O homem duplo*, traje capaz de mudar completamente a aparência de uma pessoa, metaforiza um momento em que a própria identidade é conjectura, em que viver é cada vez mais complexo e, sobretudo, impreciso. Em *Total Recall,* as memórias são simplesmente implantadas. Em *Blade Runner,* não há como saber se as lembranças correspondem aos fatos.

A neurociência constata que a percepção é relativa. A realidade é construída, presumida e fugidia. O futuro distópico de guerra, lixo e desigualdade antevisto por Dick, em que as drogas servem apenas ao entorpecimento da razão, é o abismo com que nos deparamos, encurralados por nossos piores instintos. Mas existe outro caminho, uma rota para a qual a meditação, a respiração e os psicodélicos parecem ser chaves mestras. De origem milenar, estas chaves encontram na neurociência já a partir dos anos 1960 um espaço fértil para novas descobertas, através da combinação de autoexperimentação com imagens concomitantes da atividade cerebral.

Introspecção é a senha. Se a física quântica pode chegar a revelar algo essencial sobre a consciência, a viagem às profundezas da mente pode revelar algo fundamental sobre o universo, o tempo, a matéria e a sociedade.

A psiconáutica — navegação da mente — está mais viva do que nunca, agregando valor às ideias mais transformadoras. Steve Jobs atribuiu sua criatividade ao LSD. O prêmio Nobel Kary Mullis, inventor da reação em cadeia da polimerase, que revolucionou a genética e a medicina, também conferiu à experiência com o LSD a sua melhor inspiração. Os benefícios terapêuticos dos psicodélicos são cada vez mais evidentes no tratamento do trauma, dos estados terminais e do abuso de substâncias aditivas, mas também são notáveis quando aplicados a problemas como a depressão.

Nos Estados Unidos, epicentro do proibicionismo, os militares do Pentágono se interessam pelo MDMA — princípio ativo do ecstasy, serotonérgico como o LSD —para tratar as dores psíquicas de seus veteranos de guerra. Aquilo que tantos psicoterapeutas praticavam na década de 1960 de modo heurístico vem se confirmando em sólidas publicações científicas. Hofmann e Huxley tinham razão, os psicodélicos são um inestimável patrimônio da humanidade.

As promessas desse novo olhar são a evolução de uma nova ética social em tempos de abundância, a desrepressão da libido e o respeito a todas as formas de loucura, menos àquelas que oprimem. Poderiam os psicodélicos fazer os ricos se desapegarem do excesso de riqueza? Provavelmente.

Vale a pena sonhar com isso: todos nós humanos em harmonia conectada de pulsões criativas, alforriados do trabalho mecânico pelas máquinas, não libertos do corpo, mas libertos no corpo, não mais predadores universais da criação, mas hiperlúcid@s guardas--parque de Gaia. Futuro que a Deus pertence, para a sétima geração depois de nós. Quem não entender que pingue mais uma gota.

OBRAS DE ALDOUS HUXLEY PELA BIBLIOTECA AZUL:

Admirável mundo novo
Contos escolhidos
Contraponto
Os demônios de Loudun
Folhas inúteis
O gênio e a deusa
A ilha
O macaco e a essência
Moksha
As portas da percepção
Céu e inferno
Sem olhos em Gaza
A situação humana
O tempo deve parar
Também o cisne morre

ESTE LIVRO, COMPOSTO NA FONTE FAIRFIELD, FOI IMPRESSO
EM PAPEL LUX CREAM 60 G/M, NA GRÁFICA RETTEC,
SÃO PAULO, BRASIL, MARÇO DE 2024.